Salziger Wein

D1731822

Antje Göhler

Salziger Wein

Roman

Bibliografische Information der Deutschen Bibliothek
Die Deutsche Bibliothek verzeichnet diese Publikation in der Deutschen
Nationalbibliografie; detaillierte bibliografische Daten sind im im Internet über https://dnb.de abrufbar.

Herstellung: BoD – Books on Demand, Norderstedt
© heptagon Verlag, Berlin 2023
ISBN: 978-3-96024-100-3

Meinem Brieffreund Klaus

Er blickte aber in sich hinein, wo soviel Gram und Sehnsucht war. Warum, warum war er hier? Warum saß er nicht in seiner Stube am Fenster und las in Storms *Immensee* […]? Das wäre sein Platz gewesen. Mochten die anderen tanzen und frisch und geschickt bei der Sache sein! […] So schön und heiter […] kann man nur sein, wenn man nicht *Immensee* liest und niemals versucht, selbst dergleichen zu machen; das ist das Traurige! …

(Thomas Mann, *Tonio Kröger*)

„Ich habe zu Hause ein altes Buch", sagte er; „ich pflegte sonst allerlei Lieder und Reime hineinzuschreiben; es ist aber lange nicht mehr geschehen. Zwischen den Blättern liegt auch eine Erika; aber es ist nur eine verwelkte. Weißt du, wer sie mir gegeben hat?"

(Theodor Storm, *Immensee*)

Bettina

An diesem sommerlich heißen Nachmittag wurde Bettina wieder einmal bewusst, dass sie eher ein Dämmerungstyp war. Schon aus diesem Grund wäre sie besser in ihrer mitteleuropäischen Heimatstadt Berlin aufgehoben als hier im zentralasiatischen Taschkent. Unsicher stieg sie die wenigen Stufen hinab, die aus dem Hochhaus, wo der *Deutsche Lesesaal* sein Domizil hatte, auf das brüchige Straßenpflaster führten. Ein langer Heimweg lag vor ihr, aber da es wohl ein Abschiedsspaziergang vor ihrem baldigen Umzug werden würde, lenkte sie ihre Schritte zunächst sogar in die entgegengesetzte Richtung, um einen letzten Blick auf das kleine Haus zu werfen, in dem ein Museum für den Dichter Jessenin untergebracht war. Der hatte im Mai 1921 drei poetisch inspirierende Wochen in *der Wermutsteppe gelbem Grau* verbracht, und Bettina hatte ein knappes Jahrhundert später während dreier Jahre für sich Ähnliches erhofft.

Es war zumindest eine Zeit innerer Einkehr geworden, vieles war ihr aber doch zu fremd geblieben, um sich heimisch fühlen zu können. Bettina musste an ihr Gespräch eben im *Deutschen Lesesaal* mit der Krimtatarin Maje denken; deren Vater hatte zu den Zehntausenden gehört, die im Mai 1944 unter fürchterlichen Bedingungen per Zug deportiert worden waren. Bettina hatte sich ein bisschen darüber gewundert, dass Maje das Buch „Medea und ihre Kinder" von Ljudmila Ulitzkaja nicht kannte. Sie hatte ihr dann von *Medea Mendez* erzählt, der letzten Nachfahrin ihrer griechischen „Familie, die sich vor Urzeiten an den mit Hellas verwandten taurischen Gestaden angesiedelt hatte". Medea hat zwar keine eigenen Kinder, aber versammelt gewissermaßen als Urmutter der Landschaft und der Familie allsommerlich eine große Verwandtenschar um sich auf der Krim, auch aus Taschkent. Maje war noch nie auf der Krim gewesen, für sie war Taschkent ihre Heimat, für ihren Vater hatte das noch anders ausgesehen.

Bettina schritt jetzt rascher aus, sie war schlicht und praktisch gekleidet, auf die Schuhe hatte sich schnell eine dünne Sandschicht gelegt, das war normal in dieser Wüstenstadt, wo der Reisigbesen das wichtigste Utensil zu sein schien. Ganze Fege-Brigaden zogen mehrmals täglich durch die Stadt. Jetzt aber war es ruhig, Bettina begegnete kaum anderen Menschen. Das würde sich ändern, wenn sie den Weg über den *Oloy*-Basar nähme, aber diesen quirligen Ort ließ sie rechts liegen und ging sofort zu ihrem Lieblingsrefugium, dem Friedhof *Minor*.

Heute jedoch hielt sie sich dort nicht lange auf, sondern lief zügig zum Ausgang zur nagelneuen riesigen Moschee. Bettina überlegte kurz, ob sie auch noch hinunter zum *Ankhor*-Kanal steigen und die Uferpromenade entlanglaufen sollte, aber es war ziemlich spät geworden. Daher überquerte sie die Brücke und einige Kreuzungen, und schon befand sie sich in der Siedlung mit den typischen von Höfen umschlossenen Häusern. Keine Viertelstunde später stand sie vor dem kleinen Anwesen, das sie und Lutz in den vergangenen drei Jahren beherbergt hatte und vor dem sich nun der Wächter Kamol neben seiner *Budka* auf einen Reisigbesen stützte. *Kamol der Usbeke* nannte sie ihn immer für sich, seit sie ihn anfangs oft mit *Kamau* angeredet hatte, nach einem ihrer Lieblingsbücher aus der Kindheit: „Kamau, der Afrikaner". Kamol, der Usbeke, war höchstens zehn Jahre älter als sie, vom Aussehen her könnte man aber getrost weitere zehn draufschlagen. Er war immer bereit zu einem kleinen Schwatz. Es war ein gemeinsames Radebrechen, sie auf Polnisch-Russisch, er auf Usbekisch-Russisch. Wie gewöhnlich, so erzählte er auch heute von seinen verheirateten Kindern und den zahlreichen, teils auch schon verehelichten Enkeln, und da er dabei wieder einmal eine mitleidsvolle Miene aufgesetzt, Bettina aber keine Lust auf Nachfragen hatte, wann sie und Lutz denn endlich Großeltern würden, wiegelte sie rasch ab mit dem Hinweis auf ihre ja tatsächlich bestehende Fußmüdigkeit nach dem langen Spaziergang und schloss das Tor auf.

Im Haus führte sie ihr erster Weg gleich links hinter der Tür in die Küche, um sich Gesicht und Hände zu waschen und eine halbe Flasche Wasser hinunterzustürzen.

Dann ging sie zurück in den kurzen Flur und die angrenzende Treppe *langsam hinauf* zu einem größeren Raum, dessen *eine Wand mit Bücherschränken bedeckt* war und der Lutz und ihr als Arbeits- und Bibliothekszimmer diente.

Die Abenddämmerung hatte begonnen, aber Bettina dachte: *„Noch kein Licht!"* Sie zog die schon ausgestreckte Hand vom Schalter weg, setzte sich auf die schwarze Ledercouch und klappte den dort bereits wartenden *Liliput* auf. So hatte sie ihren kleinen DVD-Player getauft, mit dem sie auch CDs abspielte, wie jetzt den *Tannhäuser*, der noch im Gerät steckte. Es war nur ein unzureichender Ersatz für ihren geliebten Schallplattenspieler, aber in den Genuss ihrer kleinen Plattensammlung würde sie in Berlin bald wieder kommen. Auf dem Tisch vor ihr lag *Maluch*, ihr Mini-Laptop. Diesen Namen hatte sie ihm in Anlehnung an die kleinen unverwüstlichen Fiats in Warschau gegeben.

Warschau, *czy mnie jeszcze pamiętasz …?* Bettina wurde es schwer ums Herz, ein Heimweh erfasste sie: nach einem Zuhause, das ihre Heimatstadt Ost-Berlin und ihre Sehnsuchtsstadt Dresden verknüpfte. Eine solche Verbindung hatte sie oft gespürt, wenn sie in Warschau unterwegs gewesen war. Da waren die vielen Brachen und Friedhöfe, die Wisła, die 50er-Jahre-Bebauung der Marszałkowska, der nach allen Seiten offene und darum für Durchgänge ideale *Ogród Saski*, das *AR* für *Augustus Rex* an einigen der alten Gebäude. Aber das war mittlerweile anderthalb Jahrzehnte her, und diese Regung war nun in ihrem Inneren eingekapselt und würde womöglich einer realen Wiederbegegnung nicht standhalten. Sie sollte diese Überlegung aber vielleicht mit ihrem *Maluch* festhalten, als ersten Schritt, um endlich wieder etwas Eigenes zu schreiben. Das brachte sie auf den Gedanken an ihre alte *Erika*-Schreibmaschine. Im Gegensatz zum Plattenspieler hatte diese wirklich längst ausgedient und verstaubte in einer Kammer ihrer Berliner Wohnung. Dabei war sie ihr einst alles gewesen, hatte sie doch auf dem Schreibtisch ihres Opas in der Dresdner Wohnung gestanden. Sofort sah sie das Wohnzimmer vor sich mit den Bücherschränken, aus denen es eine ziemliche Anzahl von Büchern nun sogar bis nach Zentralasien geschafft hatte. Bettina blickte zu ihrer Bücherwand und stand auf.

Aus dem *Liliput* dröhnte es:
Dich, teure Halle, grüß ich wieder,
froh grüß ich dich, geliebter Raum!
In dir erwachen seine Lieder
Und wecken mich aus düstrem Traum

Bettina holte sich ein Glas Wein und trat an den Schrank heran.

Ganz am Rand standen zwei alte Jugendbücher von ihr, die sie aus Nostalgie nach Usbekistan mitgenommen hatte: ein stark verschmutztes Exemplar von „Huckleberry Finn" und ein zerlesenes Paperback-Buch von Arkadi Gaidar, „Die Feuertaufe". Sein bekanntestes Kinderbuch, „Timur und sein Trupp", hatte Bettina an Taschkenter Buchständen vergeblich gesucht. Dabei war doch Namenspatron Timur, der schreckliche Gewaltherrscher, hierzulande geradezu omnipräsent. Zu ihrer Freude hatte sie aber öfter Alexander Wolkows „Zauberer der Smaragdenstadt" gesehen.

Ein direkter Nachbar der „Feuertaufe" war ein brandneues Taschenbuch: „Das Phantom des Alexander Wolf" von Gaito Gasdanow. Bettina war von den Verknüpfungen beider Bücher schier überwältigt worden. Nicht nur der Vorname des einen und der Nachname des anderen Autors klangen ähnlich, die Bücher hatten ebenfalls einen wichtigen Handlungsstrang gemeinsam, auch hier gewissermaßen mit einem Seitenwechsel verbunden, einer Täter-Opfer-Umkehrung.

Das folgende – zutiefst erschütternde – Buch, „Der Zug nach Pakistan" von Khushwant Singh, hat Bettina erst hier in Taschkent, im Anschluss an eine Reise, kennengelernt. Lutz und sie hatten vor einigen Wochen die Gelegenheit der geographischen Nähe genutzt, um auch mal „Nach Indien, nach Indien!" zu gelangen. Sie hatten dort unter anderem viel Neues über die Sikhs erfahren und gemerkt, wie rudimentär ihre bisherigen Kenntnisse gewesen waren.

Bettina machte ein paar Schritte am Regal entlang und hielt vor einem Bücherpaar an: Iwan Turgenjews „Erste Liebe" und Charles Simmons' „Salzwasser". Diese beiden hatten Bettina verzaubert, und zwar als zusammenhängendes Paar. Wenn sie je wieder selbst etwas Eigenes, etwas Eigentliches, würde schreiben können, dann wollte sie sich an Simmons' poetologischem Prinzip einer völlig eigenständigen Adaption einer Vorbildnovelle orientieren.

Beschwingt lief Bettina weiter und kam nun zu den Büchern ihres Opas. Sie trank einen Schluck Wein, dann fuhr sie mit den Fingern der anderen Hand über den Buchrücken einer alten Liedersammlung. Sogleich stiegen in ihr die Erinnerungen an Wanderungen mit den Großeltern in der Sächsischen Schweiz auf, wo ihr Opa unterwegs immer Volkslieder vorgesungen hat. Einmal hatte er Bettina dieses Liederbuch gezeigt; sie lernte daraus den Text vom *Lindenbaum* – und die altertümliche Schrift gleich mit, zunächst nämlich *bliesen* ihr *die kalten Winde grad ins Angesicht*.

Das Buch daneben, Wilhelm von Kügelgens „Jugenderinnerungen eines alten Mannes", verband Bettina ebenfalls mit einem Ausflug in Kindertagen: durch den *Mordgrund* in der Dresdner Heide.

Wie Bettina war auch ihr Opa schon als Kind eine richtige Leseratte gewesen. Seine Begeisterung für Karl Mays Indianerbücher vermochte sie allerdings nicht zu teilen, für sie ging nichts über „Die Söhne der Großen Bärin" von Liselotte Welskopf-Henrich.

Aber sie hatte alles aufgesogen, was er ihr zu seinem Leseverhalten erzählt hatte, und jetzt, wo sie älter war, übernahm sie seine Vorliebe für Mehrmalslektüren. Auch für sie gab es eine Reihe von Büchern, die sie sich in mal größeren, mal kleineren Abständen immer wieder vornahm und in denen sie nicht selten mehr Neues fand als in so manchen Neuerscheinungen.

In Taschkent – Bettina schaute auf ihre und Lutz' stattliche *BDK*-Sammlung – hatte es sich sogar ergeben, dass sie für sich die Literatur eines ganzen Jahrhunderts, des neunzehnten, wieder- und neuentdeckt hat. Und im *letzten Fontane* – Bettina zog den *BDK*-Band „Der Stechlin" heraus – mit seiner Altersweisheit und Lebensklugheit sah sie nun auch ein Mittel zur Bodenhaftung, um sich nicht gänzlich im schwermütigen Labyrinth der Romantik zu verlieren.

Ihr Großvater war in gewissem Sinne ein *Kind des neunzehnten Jahrhundert*s gewesen. Er hatte sie alle gemocht: am meisten Wilhelm Raabe, aber auch die beiden Theodore, Storm und Fontane, und sogar Fritz Reuter, obwohl er zum Plattdeutschen eigentlich gar keinen Bezug gehabt hatte. Vielleicht, sann Bettina jetzt, sollte sie es auch einmal mit Reuter versuchen, schließlich hat sie in ihrem neuen Ratgeber gelesen, dass *auch Mecklenburg mit Stromtid und Franzosentid seine Romantik* habe.

Unter den ersten Büchern, die ihr der Opa zu lesen gegeben hatte, war ein Novellenbuch von Storm gewesen. Darin hatte sie ganz besonders die „Immensee"-Geschichte beschäftigt und deren Ende zu Tränen gerührt. An die anschließende Unterhaltung mit ihrem Großvater erinnerte sich Bettina noch gut, vor allem an seine Verwunderung darüber, dass die Enkelin weniger über den unglücklichen Ausgang der Liebesgeschichte zwischen Elisabeth und Reinhard traurig gewesen war als über die versiegende Schaffenskraft des alten Reinhard: *Dann vertiefte er sich in Studien, an denen er einst die Kraft seiner Jugend geübt hatte.*

Je älter sie wurde, desto mehr verfestigte sich bei Bettina der Eindruck, dass es sich bei ihrer Mehrmalslektüre „Immensee" nicht um eine Liebesgeschichte, sondern um eine Künstlernovelle handelte.

Hier im Taschkenter Bücherschrank hat sie, der Einbildung einer darin versteckten *Immensee*-Konstellation wegen, unmittelbar neben den Storm-Band ein schmales Büchlein eingeordnet, das sie einst ebenfalls auf Empfehlung ihres Opas gelesen hatte, wenn auch in gänzlich anderem Zusammenhang: „Remis für Sekunden" von Icchokas Meras. In diesen Kontext gehörte außerdem „Memorial" von Günther Weisenborn. Dem Kind Bettina hatte es sich tief eingeprägt, wie in diesem Erinnerungsbuch durch Klopfzeichen an den Heizungsrohren eines Gefängnisses zunächst Leben rettende Wörter und später Züge zum Spielen von Schachpartien übermittelt werden konnten.

Nicht nur die Liebe zum Lesen, sondern auch die zum Schachspiel hatten Großvater und Enkeltochter geteilt. Er hatte Schach in der englischen Kriegsgefangenschaft gelernt und Freude daran gefunden, es war aber für ihn zeitlebens nie mehr als ein willkommener Zeitvertreib gewesen.

Entsprechend gelassen hatte er die ständigen Niederlagen gegen Bettina hingenommen, die Schach anfänglich als Hobby, dann immer ambitionierter betrieben hatte.

Das alte Schachspiel hatte sie auch hierher nach Taschkent mitgebracht. Bettina ging zurück zum Tisch und setzte ihr Glas ab, um Schachbrett und Figurensatz zu holen. Sie baute das Brett auf und entsann sich einiger typischer Wendungen ihres Opas. Die Leichtfiguren hatte er immer nur *Offiziere* genannt, liebevoll strich Bettina einem Springer über sein abgebrochenes Ohr. Das hatte er damals schon verloren; ob es wohl noch dran gewesen war, als ihr Opa seinem Sohn Schach beigebracht hatte, so wie dieser dann seiner Tochter Bettina? Ihr Opa gab nicht nur laut dem König „Schach!", sondern auch der Dame mit feierlicher Stimme ein „Gardez!"; fiel ihm versehentlich eine Figur um, oder wollte er sie auf einem Feld zurechtrücken, brachte er vernehmlich ein „J'adoube" hervor. Spürte er Gefahren für seine Stellung, erklang von ihm ein „Nachtigall, ick hör dir trapsen!", gefolgt von „Nein, er gefällt mir nicht, der neue Bürgermeister", und wenn es ganz arg kam, seufzte er: „Noch ist Polen nicht verloren."

Auf ihrem Brett war Polen zwar meistens verloren gewesen, aber ihr Opa hatte nur darüber gelacht.

Auf einmal erinnerte sich Bettina an jemanden, der so etwas überhaupt nicht lustig gefunden hätte. Sie goss sich etwas Wein nach und blickte sinnend zu der Gestalt am Schachbrett gegenüber.

„Henry!", *sagte* Bettina *leise; und wie sie das Wort gesprochen, war die Zeit verwandelt* – sie war in ihrer Kindheit.

Die Kinder

Der Junge betrachtete missmutig die Stellung und kippte dann seinen König so heftig um, dass mehrere Figuren auf den Boden fielen. „Lass uns lieber rausgehen, Betty."

„Willst du denn keine Revanche?" Rasch hatte das Mädchen sämtliche Steine aufgesammelt und war schon dabei, das Brett zu drehen.

Aber Henry war die Lust am Schachspielen und überhaupt am Herumsitzen in der Wohnung vergangen. Ihn zog es nach draußen, und schließlich ging Bettina widerstrebend mit.

Sie waren Nachbarskinder. Ihre Familien waren vier Jahre zuvor, 1971, mit Fertigstellung des zehngeschossigen Wohnblocks eingezogen. Damals war Bettina knapp vier, Henry noch keine sechs Jahre alt gewesen. Die beiden hatten zunächst keine Notiz voneinander genommen. Zwei Jahre Unterschied – dazwischen liegen in dem Alter schließlich Welten. Grundlegend ändern sollte sich dies dann in den ersten Wochen nach Bettinas Einschulung. Kam sie nachmittags aus dem Schulhort nach Hause, erwies sich das Öffnen der Wohnungstür als ziemlich problematisch. Mit dem Schlüssel, der an einem Band an ihrem Hals baumelte, schaffte sie zwar leicht die zwei Umdrehungen im Türschloss, aber das letzte Aufschnappen unter gleichzeitigem Heranziehen der Tür war jedes Mal reine Glückssache.

Meist war ihre kleine Hand zu schwach dafür, dann setzte sie sich auf eine Treppenstufe und wartete darauf, dass irgendwann ihre große Schwester eintrudeln oder eben ein Helfer in Gestalt des Nachbarsjungen auftauchen würde.

Und dieser richtete es alsbald so ein, immer rechtzeitig zur Stelle zu sein, um dem Mädchen gönnerhaft die Tür öffnen zu können. Bettina wiederum hatte zwar nach einigen Wochen selbst den Dreh heraus, wandte sich nun aber ihrerseits immer zuerst zur Nachbartür, hinter der Henry schon gelauert zu haben schien. Bald brauchten sie dieses Vorgeplänkel nicht mehr und verbrachten wie selbstverständlich die Nachmittage zusammen. Sonnabends, wenn für die Unterstufen-Klassen bereits nach der dritten Stunde Schluss war, liefen sie gemeinsam von der Schule nach Hause. Schon von weitem hörten sie das Schreibmaschinengeklapper aus dem geöffneten Fenster des Arbeitszimmers von Bettinas Vater. Als sie noch kleiner gewesen war, hatte sie sich manchmal auf seinen Schoß setzen und auf der Maschine munter drauflos hämmern dürfen. Zeile um Zeile hatte sich gefüllt, der Wagen war gefahren und gefahren und von kleiner Kinderhand mit dem Metallhebel immer wieder geräuschvoll zurückgeschoben worden. Schließlich hatte der Vater die Seite herausgezogen und laut ihre *Mondsprache* deklamiert.

Diese Zeiten waren zwar längst vorbei, aber Bettina konnte nun selbst lesen und schreiben und würde eines Tages eine eigene Schreibmaschine haben und eigene Geschichten aufschreiben, in verständlicher Sprache, nicht in *Mondsprache*.

Sie freute sich auf die zwei ruhigen Wochenendtage, die sie wie immer überwiegend in einem Buch vergraben verbringen würde. Henry hingegen tat ihr leid: Seine Eltern warteten schon im startbereiten Auto auf ihn, er sprang samt Schulranzen hinein, und dann düsten sie zu ihrer Datsche, wo er sich in der Regel nicht nur an so gut wie sämtlichen Wochenenden, sondern auch in den Ferien aufhielt. In diesen hätten sich die beiden aber ohnehin nicht begegnen können, die verbrachten Bettina und ihre Schwester im Ferienlager und bei den Großeltern in Dresden.

Genau genommen haben sich Bettina und Henry also außerhalb des Schulalltags gar nicht viel gesehen, dennoch wuchs an diesen Nachmittagen eine Freundschaft zwischen ihnen. Henry war für Bettina so etwas wie ein großer Bruder; *sie war ihm oft zu still, er war ihr oft zu heftig.* Er war der Aktive, Unternehmungslustige, sie eher die Stubenhockerin. Sie ergänzten sich dann, so wie heute, wo sie nach der Schachpartie doch noch rausliefen: um ihren Wohnblock herum und an den beiden großen Höfen vorbei in Richtung Bahndamm. Früher fuhren hier oft lange Güterzüge, und die Kinder hatten gern *zum Zeitvertreib die Wagen* gezählt. Auf der anderen Seite lag Karlshorst; man konnte den Trampelpfad gut erkennen, der hoch zu den Gleisen führte. In der Schule gab es häufig eindringliche Ermahnungen, diesen Weg ja nicht zu benutzen, und selbst der wagemutige Henry zeigte in dieser Sache Einsicht. Was sollten sie auch in Karlshorst, ihr Ziel war der Spielplatz am Rodelberg. Dort gab es ein Schiff, zwar mehr ein Fischkutter, aber das Wichtigste, ein Steuerrad, war vorhanden. Die Kinder machten es sich bequem und erzählten sich ihre Lieblingsgeschichten. Henry begann mit seinem Favoriten *Robinson Crusoe.* Er wurde nicht müde, vom Hundertsten ins Tausendste aufzuzählen, was Robinson alles vom Schiff fürs Inselleben mitnimmt, und dann wieder, wie er sich dort einrichtet, was er anbaut. Bettina wurde ungeduldig und mochte nicht abwarten, bis endlich *Freitag* auftauchte. Jetzt war sie an der Reihe und hob mit Inbrunst von den Sagen über *Prometheus* an. Aber Henry unterbrach sie: *„Ach, das weiß ich ja auswendig; du musst auch nicht immer dasselbe erzählen." Da musste* Bettina ihren geliebten Prometheus *stecken lassen. Und stattdessen erzählte sie die Geschichte von* Orest *und seinem treuen Freunde Pylades.* Die beiden waren wie Brüder aufgewachsen und unzertrennlich, und selbst als Orest dem Wahnsinn verfallen war, ließ ihn Pylades nicht im Stich; später folgte er ihm auf eine gefährliche Fahrt ins Land der Taurer. An dieser Stelle sprang Henry, der *aufmerksam zugehört* hatte, von seinem Platz auf. Er stürmte ans Steuerrad und rief aus voller Kehle: „Ins Taurerland, ins Taurerland!" Und an Bettina gewandt: „Wirst du denn auch mitkommen?" Sie zögerte, ihr war der Gedanke unheimlich, es würde wohl *nichts daraus werden*, sie hatte *keine Courage*. Aber er sollte ihr Briefe schreiben und darin von seinen Reiseabenteuern berichten.

Die Dämmerung hatte schon eingesetzt, so war es Zeit, nach Hause zu gehen.

Und tatsächlich: Von weitem sahen sie das Tuch flattern, das Henrys Mutter immer an der Balkonbrüstung befestigte als Zeichen, dass er heimkommen sollte. Und zwei Balkons weiter stand Bettinas Mutter und hielt schon nach ihr Ausschau.

Die Mellensee

Schlechtes Wetter und überhaupt die Spätherbst- und Wintertage kamen Stubenhockerin Bettina gelegen. Die gemeinsame Spielstube befand sich dann in Henrys elterlicher Wohnung. Das Schachbrett wurde aber nicht mehr hervorgeholt, Henry fehlte dafür die Geduld, und Bettina kam in ihrer wöchentlichen Schach-Arbeitsgemeinschaft in der Nachbarschule zum Zuge. Eine Zeitlang fanden sie Gefallen daran, Szenen aus Indianerfilmen nachzuspielen. Aber noch mehr Spaß machte es ihnen, gemeinsam von den *Söhnen der Großen Bärin* zu lesen. Fehlte ihnen der ein oder andere Band, dachten sie sich eigene Geschichten dazu aus. So hatten sie es auch schon mit den *Smaragdenstadt*-Büchern gehalten. In ihrer Fantasiewelt begegneten sich nun *Urfin Juice* und *Hawandschita* und wirbelten die *Bärenbande* und die *Maranen* durcheinander, so dass *Elly*-Bettina und *Harka*-Henry alle Hände voll zu tun hatten, alles wieder ins Lot zu bringen.

Zwischendurch brutzelten sie sich etwas in der Küche zusammen, denn ihre Schulspeisung in der *Clubgaststätte Drushba* konnte man an vielen Tagen nur als unzulänglich bezeichnen.

In der Regel hatte ihnen aber Henrys Mutter bereits eine Kleinigkeit zur Stärkung hingestellt. Sie war Lehrerin und deshalb oft nachmittags schon zu Hause. Ihre laute, burschikose Herzlichkeit stand im Gegensatz zur schüchternen Zurückgezogenheit ihres Mannes. Henrys Vater war ebenfalls meist zu Hause, saß dann in seinem Zimmer mit abgedunkelten Fenstern und sann vor sich hin. Die Kinder bewegten sich nur auf Zehenspitzen daran vorbei. Das kannte Bettina schon vom Arbeitszimmer ihres Vaters an den Wochenenden. Alltags kamen ihre Eltern erst abends nach Hause, auch ihre Schwester war meist unterwegs.

Ab und an trat Henrys Vater aber heraus und war dann sehr freundlich, nahm die beiden sogar in sein Zimmer mit. Dort zog er die schweren Vorhänge zurück und zeigte ihnen einige seiner Kostbarkeiten. Dazu gehörten zwei Familienerbstücke: eine *Botanisierkapsel* und ein großformatiges Pflanzenbestimmungsbuch.

Vorsichtig blätterte der hagere, blasse Mann Seite für Seite um und gab mit dünner Stimme einige Erklärungen dazu ab, wobei ein feines, fast glückliches Lächeln seine Mundwinkel umspielte.

Dieses uralte Buch hätte er nie aus der Hand gegeben, ein anderes hingegen drängte er Henry und Bettina geradezu zum Lesen auf. Es hieß „Die Straße des jüngsten Sohnes" und handelte von einem Jungen namens Wolodja Dubinin, nach dem ihre Schule benannt war. Der hatte auf der Krim gelebt und mit den Partisanen gegen die Deutschen gekämpft, er war durch das Treten auf eine Mine ums Leben gekommen. Der Anfang des Buches versetzte die Kinder in Bettinas geliebte Sagenwelt.

Oberhalb von Wolodjas Heimatstadt Kertsch erhob sich ein Berg, auf den fast zweitausend Jahre zuvor Mithridates VI. Eupator, der König des Bosporanischen Reiches, gestiegen war, um sich *mit einem Schwert den Tod* zu geben.

Die Stelle, die es Henry besonders angetan hatte und die er mit belegter Stimme vorlas, drehte sich um Wolodjas Vater, der sich Anschuldigungen ausgesetzt sah, die einen Schatten auf die ganze Familie geworfen hatten.

Gefallen fanden beide an der Episode, als Wolodja in einem Studio eine Schularbeit auf eine Schallplatte spricht und die gepresste Scheibe seiner Lehrerin schickt.

Auch Bettina und Henry begeisterten sich für Schallplatten. Bettina holte ihre Favoriten oft herüber, und dann konnten sie sich nicht satt hören an *Onkel Toms Hütte*, *Zwerg Nase*, *Der falsche Prinz* und *Die Weihnachtsgans Auguste*.

Kaum wurden die Tage länger und etwas wärmer, zog es Henry wieder nach draußen. Der Bewegungsradius der beiden war mittlerweile deutlich größer geworden. Bettinas Mutter hatte ihr eingeschärft, immer im *Karree* zu bleiben. Das Karree dehnte sich nun aus. Ihre Wohnstraße, die Mellenseestraße, kurz *die Mellensee* genannt, bestand nicht nur aus den vier Zehngeschossern zur Straßenseite hin, sondern diese hatten dahinter noch große Höfe mit Spiel- und Bolzplätzen, an die weitere Wohnblöcke grenzten, unterbrochen von winzigen Straßen, die alle ebenfalls Mellenseestraße hießen.

In der Mellensee wohnten, von vereinzelten Ausnahmen abgesehen, nahezu sämtliche Schulkameraden von Henry und Bettina, und das ließ sich mehr oder weniger auf die ganze Schülerschaft ihrer Schule übertragen, und auf die der Nachbarschule gleich mit. Es herrschte dort nachmittags also ein munteres Treiben. Erschien Bettina und Henry anfangs die Mellensee mit ihren Sträßchen und Höfen völlig unübersichtlich, so wurde sie ihnen recht bald zu eng. Nur die Nummerierung der Aufgänge wahrte, für Ortskundige wie Fremde, den Charakter eines Labyrinths.

Bettinas und Henrys Mobilität erhöhte sich dank fahrbarem Untersatz. Es war zwar kein Motorrad, wie es dem Titelhelden aus „Timur und sein Trupp" am Ende zur Verfügung stand, aber immerhin der gute alte Drahtesel. Und damit ließen sich wunderbar Szenen aus zwei weiteren Lieblingsbüchern von Bettina und Henry nacherleben: „Emil und die Detektive" und „Ede und Unku". Ausgangspunkt für ihre kleinen Spritztouren mit dem Fahrrad war nach wie vor ihr Fischkutter. Dort erzählten sie sich ihre Geschichten, manchmal sogar in Verknüpfung mit Schularbeiten. So probte Bettina ihre Buchvorstellung, für die sie „Kamau, der Afrikaner" ausgewählt hatte, und Henry deklamierte, heftig am Steuerrad drehend: *Die Schwalbe fliegt über den Eriesee*. Bettina hätte ewig in ihrem Fischkutter sitzen und Henry zuhören können: *Noch dreißig Minuten ... Halbe Stund – Und noch zwanzig Minuten bis Buffalo – Und noch fünfzehn Minuten bis Buffalo – Und noch zehn Minuten bis Buffalo - -*

Bettina reichte es auch vollkommen, die Radtouren von *Emil* und *Pony Hütchen* sowie von *Ede* und *Unku* allein in ihrer Vorstellung mitzumachen. Aber da war sie bei Henry an der falschen Adresse. Und so tauschten sie eben die *Schwalbe* gegen das Fahrrad ein und fuhren am Bahndamm entlang zur S-Bahnstation Betriebsbahnhof Rummelsburg, schauten eine Weile dem S-Bahnverkehr vor der Kulisse des Kraftwerks Klingenberg zu, wandten sich von der Bahnlinie weg und schlugen den Weg zur Hans-Loch-Straße ein, nach der im Volksmund ihr gesamtes Wohnviertel innerhalb des Lichtenberger Ortsteils Friedrichsfelde hieß. Überquerte man diese, gelangte man zur *Passage*.

Bevor die große Kaufhalle gegenüber der *Drushba* errichtet worden war, hatten die Einkäufe von der Mellensee aus immer in der viel weiter entfernten Passage erledigt werden müssen. Seither war nur noch der Fischladen von Interesse, vor dem sich vor Silvester lange Schlangen bildeten. Für Bettina war es alle Jahre wieder ein unheimliches Erlebnis, die Fischverkäuferin zu beobachten, wie sie mit routiniertem Griff den Karpfen aus dem Wasserbecken holte, ihn mit einem Keulenschlag betäubte und das scharfe Messer unterhalb des Kopfes ansetzte. Mehr bekam das Mädchen nicht mit, weil es reflexartig die Augen geschlossen hatte. Öffnete es diese wieder, war das blutige Etwas bereits in mehreren Zeitungsbögen vom *Neuen Deutschland* verpackt, und die Fischfrau wandte sich schon dem Bottich für den nächsten Kunden zu. Die *Karpfen* hatten keine Chance, sich zu *verkriechen, die wurden hier nicht alt.*

Im hinteren Teil der Passage gab es einen Ort, der ein neuer Lieblingsplatz von Bettina und Henry werden sollte. Dort bekamen sie weiteren Stoff für ihre Fantasiewelten her: die Stadtbezirksbibliothek. In dem riesigen Saal mit langen Regalreihen gab es zwei Abteilungen, eine für Erwachsene und eine für Kinder. Hier erhielten sie auch die fehlenden Bände von Wolkow und Welskopf-Henrich. Und ebenso die *Abenteuer von Tom Sawyer* und *Huckleberry Finn*. Besonders *Huck Finn* hatte es ihnen angetan, und so schipperten sie auf ihrem Fischkutter häufig den Mississippi hinunter. Manchmal verwandelte sich ihr alter Kahn aber auch in die *Ghost*, dann war Henry der bärenstarke Kartoffelquetscher *Wolf Larsen* – und Bettina *Humphrey van Weyden*. Und rauschte dann doch mal wieder ein Güterzug vorbei, rannten beide in Gedanken ein Stück mit und versuchten, wie *Hump* und *Frisco-Kid*, aufzuspringen, um das Abenteuer in der weiten Welt zu suchen.

Den Vierteiler „Der Seewolf" hatten sie ausnahmsweise bei Bettina gesehen, wovon ihre Eltern nichts erfahren sollten, da weder sie noch ihre Schwester andere Kinder mit nach Hause bringen durften. In Henrys Wohnung wiederum war *Westfernsehen* verboten. So verband sich für die Kinder das *Seewolf*-Abenteuer mit einem Geheimnis vor ihren Eltern, was den Reiz erhöhte.

Jedoch rannte Bettina selbst in Gedanken nur halbherzig am Güterzug entlang. Im Gegensatz zu Henry, der vom Fernweh getrieben wurde, reichte es ihr völlig, von diesen Abenteuern zu lesen und sie im Kopf weiterzuspinnen. Sie gerieten darüber mitunter in Streit. Bettina musste Henry in einem Punkt innerlich Recht geben: Wollte sie wirklich einmal eigene Geschichten aufschreiben, musste sie zuvor mehr selbst erlebt haben.

Für den Moment jedoch genügte ihr vollkommen das Lesen, und sie war froh, dass auch Henry trotz seiner Heftigkeit an ihrer paradiesischen Bücherwelt teilhatte.

Aber einer von ihnen sollte kurz darauf aus diesem Paradies vertrieben werden, vielmehr sich daraus vertreiben lassen.

Es passierte ihnen eines Tages ein großes Missgeschick mit einer ausgelaufenen Thermoskanne, und ausgerechnet ihr *Huck Finn* war betroffen und nun von bräunlichem Tee durchtränkt. Unbeschadet war hingegen *Tom Sawyer* geblieben, was angesichts der Lehrerpultszene darin nicht ohne Ironie war. Aber dafür hatten die Kinder jetzt keinen Sinn. Zu unglücklich waren sie ob ihres Malheurs. Sie trockneten *Huck Finn* so gut es ging, aber die Flecken blieben natürlich, und die Wellen der aufgequollenen Seiten ließen sich kaum glätten.

Zerknirscht schlichen sie schließlich zur Bibliothek und brachten an der Rückgabestelle stotternd und kleinlaut ihre Entschuldigung vor. Jedoch kannte die Frau dort kein Erbarmen und putzte die Kinder laut keifend vor allen Leuten herunter. Wie begossene Pudel standen Bettina und Henry vor ihr und mussten sich anhören, wie rücksichtslos sie sich gegenüber anderen Lesern und dem *Volkseigentum* verhielten und dass sie Bücher nicht wertschätzten.

Bettina fühlte Tränen der Wut über diese ungerechte Anschuldigung in sich aufsteigen. Aus den Augenwinkeln sah sie den blassen Henry mit zusammengekniffenen Lippen dastehen. Ihn, den Zwölfjährigen, hatte dieser Drachen mehr ins Visier genommen. Bettina musste an eine häufig benutzte Wendung ihres Vaters denken und wusste sie trotz ihres Zorns sogar in die Höflichkeitsform umzuwandeln: *Was bilden Sie sich eigentlich ein?* Bettina hatte nie verstanden, was damit genau gemeint war. Aber jetzt würde sie diese Worte am liebsten der Frau ins Gesicht brüllen, um deren *Eifer auf sich zu lenken.* Sie sah sie aber nur finster an und formte die Frage in Gedanken. *Es wurde nicht bemerkt.*

Henry und Bettina hatten ihr Taschengeld zusammengelegt und so das verunstaltete Exemplar erworben. Henry überließ es großzügig der Freundin, und sie liebte ihren *Huck Finn* nun noch mehr als zuvor. Aber die Folgen aus diesem desaströsen Erlebnis konnten für die malträtierten Seelen der beiden kindlichen Leser nicht unterschiedlicher sein. Henry war so tief in seinem Stolz verletzt, dass er nie wieder einen Fuß in diese Bibliothek gesetzt hat. Für Bettina kam dies nicht in Frage, dazu mochte sie die Atmosphäre dort viel zu sehr. Sie ging nun fast täglich hin, das Fahrrad freilich ließ sie ab jetzt im Keller. Dort war es ihr zu unheimlich, überall stank es nach Katzenurin, und die Warnzettel wegen des ausgelegten Rattengifts flößten auch nicht gerade Vertrauen ein. Einmal sah sie einen Hausbewohner einen Katzenkadaver aus dem Keller tragen. Der große Tierkörper war ganz steif, und wenn Bettina später in ihren Krimis von Leichenstarre las, trat ihr regelmäßig jener Katzenleichnam vor Augen.

Wurden in der Mellensee dann und wann Katzen überfahren, handelte es sich um kleine, noch junge Tiere. Als Bettina einmal gedankenversunken im Dunkeln die Haustür zu ihrem Aufgang aufschloss, funkelten ihr auf der Treppe zwei grüne Punkte entgegen, so dass sie vor Schreck zurückprallte. Der große schwarze Kater, der zu diesem Augenpaar gehörte, schien nicht weniger erschrocken und huschte schnell die Kellertreppe hinunter.

Bettinas bevorzugte Fortbewegungsart war ohnehin schon immer die auf Schusters Rappen statt auf dem Drahtesel gewesen.

Henry und Bettina trafen sich nicht mehr täglich, er hatte viel mehr Nachmittagsunterricht, und seine Schulverpflichtungen nahmen an Umfang zu, seit er *gesellschaftlich aktiv* geworden war. Henry gehörte dem *Freundschaftsrat* ihrer Schule an, und Bettina sah ihn nun bei Fahnenappellen vorn stehen und Reden ablesen.

Er hielt auch Bettina gern Vorträge und verfiel dann schnell ins Belehrende. Er entdeckte mehr und mehr Bücher und Materialien seiner Eltern als Lektüre für sich und warf häufig mit irgendwelchen Zitaten um sich. Seine

Lieblingswendung war: *Das muss man dialektisch sehen!* Dann stellte sich Bettina manches Mal vor, dass er diese dem Bibliotheksdrachen hätte entgegenschleudern sollen, wenigstens in Gedanken. Es wäre genauso unsinnig wie ihre Frage gewesen, hätte aber doch vielleicht auch ihm geholfen. Anders als Henry hatte sie sich nicht aus der Bücherfantasiewelt ausschließen lassen. Bettina war jedoch wieder zur Stubenhockerin geworden. Sie brauchte keinen Fischkutter, um sich wie *Huck* auf dem Mississippi zu bewegen, und auch keinen Bahndamm mit Güterzügen, um wie *Hump* zu Abenteuern in die weite Welt aufzubrechen. Ihr reichten die Bücher selbst.

Und dann gab es da noch einen Stadtplan für die Fahrradtouren aus ihren Kinderbüchern. Den hatte sich Bettina von einem Besuch ihrer Großeltern in West-Berlin mitbringen lassen. Mitunter breitete sie nun den entfalteten Plan auf dem Wohnzimmertisch aus, so, wie sie es einmal bei ihrer Mutter mit einer Landkarte und den *Wanderungen durch die Mark Brandenburg* gesehen hatte.

Bettinas rechter Zeigefinger folgte *Ede* und *Unku* durch die Provinzstraße und die Papierstraße, er verharrte bei *Emil* und *Pony Hütchen* am Nollendorfplatz und rutschte weiter zu einem Straßennamen, der sie amüsierte: Luitpoldstraße – wie *Luitpold Löwenhaupt* aus der *Weihnachtsgans Auguste*, dachte sie. Später ging es in vertraute Gegenden: Unter den Linden und Alexanderplatz. Auch den Bahnhof Friedrichstraße kannte Bettina, aber links davon war früher für ihren Finger Schluss gewesen. Auf den Stadtplänen ihrer Eltern begann dort eine riesige Freifläche namens West-Berlin. Erst jetzt, mit der neuen Karte – die sie, so war ihr eingeschärft worden, auf keinen Fall mit in die Schule nehmen und auch sonst niemandem zeigen sollte –, lernte sie das faszinierende Bahnhofsnetz von Berlin richtig kennen. Besonders angetan hatten es ihr die Ringbahnhöfe, bei *Ede und Unku* tauchte zum Beispiel der Bahnhof Gesundbrunnen auf. Auch der Name Jungfernheide gefiel ihr, bei Westend kam ihr in den Sinn, wo dann wohl Ostend sein mochte, mit dem Finger verließ sie kurz darauf die Ringbahn und stieg auf eine andere S-Bahnstrecke um, die sie über Charlottenburg und Zoo wieder nach Friedrichstraße bringen sollte. Weiter ging's über Alexanderplatz und Ostkreuz zum Bahnhof Lichtenberg. Jetzt war ihr Finger fast zu Hause, nun nur noch runter zur U-Bahn und über Friedrichsfelde, die alte Endstation, bis zur neuen, dem U-Bahnhof Tierpark.

Bettina machten diese Fingerübungen Spaß, sie weckten Erinnerungen an eine Zeit, als ihre Finger ihre einzigen Freunde gewesen waren. Sie hatte jedem einen eigenen Namen gegeben, und abends vor dem Einschlafen hatten sie es sich auf der Bettdecke gemütlich gemacht und die Ereignisse des Tages besprochen. Oft hatte ihnen Bettina über irgendeine erlebte Situation ihr Herz ausgeschüttet und sich dann trösten lassen. Nicht selten hatte sich dabei das Ganze als halb so wild herausgestellt, und alle hatten beruhigt einschlafen können. Zurückgingen diese Plaudereien, als Bettina anfing zu lesen. Da verlagerte sich das Geschehen unter die Bettdecke, und ihre zehn Freunde wurden zum Halten von Buch und Taschenlampe benötigt.

Ab und an meldeten sich Bettinas Finger tagsüber zu Wort, vorzugsweise in unangenehmen Situationen, etwa im Sportunterricht, wenn die Stange hochzuklettern war und Bettina zum Gespött der anderen unten stehenblieb und das Für und Wider dieser peinlichen Lage mit den Fingern ihrer schweißnassen Hände stumm besprach.

Eigentlich merkwürdig, dass sie ihr beim Bibliotheksdrachen nicht zur Seite gesprungen waren. Vielleicht hatten sie gespürt, dass Bettina stark genug war, damit allein klarzukommen. Und solange Henry bei ihr war, bedurfte sie ihres Zuspruchs auch nicht. Umso dankbarer war sie, dass ihre zehn Freunde, ohne je wirklich weg gewesen zu sein, nun wieder zur Stelle waren.

Bettina probierte gemeinsam mit ihnen immer neue Strecken aus und versuchte, sich die Bahnhofsnamen einzuprägen.

Eines Abends setzte sich ihre Mutter mit an den Tisch und sah ihr eine Weile zu. Als bei Bettina wieder einmal die *Ostend*-Frage aufkam, fiel ihrer Mutter etwas ein. Sie holte ihren geliebten Fontane hervor, der auch Friedrichsfelde erwandert hatte, und las mit ihrer ruhigen, sanften Stimme vor, dass Friedrichsfelde *als das Charlottenburg des Ostends gelten* darf: *Die Fahrt nach Friedrichsfelde, wenn man zu den „Westendern" zählt, erfordert freilich einen Entschluß.*

Freilich – Bettina liebte dieses Wort, auch ihre Dresdner Großeltern verwendeten es häufig. „Nu freilich darfst du noch etwas aufbleiben und den Film zu Ende schauen."

Was die Sache für die *Westender freilich* so schwierig machte, war die *Reise durch die ganze Steinmasse des alten und neuen Berlins*, da brauchte es offenbar einigen Mut, sich *durchzuschlagen*.

Dann jedoch wurde man laut Fontane *durch das reiche Stück Geschichte überrascht*, das einem *an diesem Ort entgegentritt*.

Bettina erfuhr von der Mutter, dass damit vor allem das Schloss Friedrichsfelde im Tierpark gemeint war, worin gut einhundertsechzig Jahre zuvor sogar mal der sächsische König einige Monate lang gelebt hatte.

Ihre Mutter, die sonst meist müde und abgespannt vom Arbeitstag war, wirkte an diesem Abend gelöst und war mit Freude am Vorlesen und Erzählen.

Bettina spürte, dass ihre Mutter glücklich war, in der Mellensee zu wohnen. Ihre Eltern hatten mit ihren zwei kleinen Töchtern früher in einer Einzimmer- und später in einer Anderthalbzimmerwohnung in Prenzlauer Berg

gelebt. Jetzt gab es eine Toilette in der Wohnung und sogar eine Badewanne – und das Kohlenschleppen hatte ein
Ende. Die Mutter hatte Bettina einmal erzählt, wie unwirk-
lich es anfangs für sie gewesen sei, beim Warten auf die
S-Bahn vom Betriebsbahnhof Rummelsburg aus all die
Wohnblöcke zu sehen und sich vorzustellen, dass es in jeder Wohnung Fernwärme und Badezimmer gäbe und dass
die Unmassen von Menschen neben ihr auf dem S-Bahn-
steig im Berufsverkehr früh aus warmen Wohnungen los-
gingen und abends in ebensolche wieder zurückkehrten.
Ihrer Mutter war dies wie ein Lottogewinn vorgekommen
– sie hing an ihrer Wohnung und der ganzen Wohngegend,
eben an der Mellensee.

Dreiecke I

Aber nicht nur Bettinas Bücherwelt war mit der Passage verbunden: Ging man an der Bibliothekstür vorbei und den langen Korridor hindurch, gelangte man ganz hinten zu einem großen Raum, wo der Schachverein *Chemie Lichtenberg* sein Domizil gefunden hatte, den Bettina nun regelmäßig aufsuchte, da sie ihrer Schulschach-AG entwachsen war.

Dass sie nicht völlig in Büchern und Schachpartien versank, war der Schwimmhalle zu verdanken, deren Neubau sich am Rande des kleinen Waldstücks namens *Osterwäldchen* zwischen der Mellensee und dem U-Bahnhof Tierpark befand.

Bettina hatte im Vorschulalter während eines Familienurlaubs an der Ostsee von ihrem Vater Schwimmen gelernt. Das *Salzwasser* trage den Körper, so sei es ganz leicht, hatte er sie motiviert. Damals waren sie zu dritt hinaus zu einer *Sandbank* geschwommen: ihre Schwester voerneweg, sie und ihr Vater hinterdrein, während ihre Mutter vom Strand aus besorgt nach ihnen Ausschau gehalten hatte. Für den Rückweg hatte Bettina trotz der Verschnaufpause auf der Sandbank noch die Kraft gefehlt, weshalb ihr Vater sie huckepack genommen hatte und sie beide nur langsam vorangekommen, aber ganz für sich gewesen waren.

Als Bettina in der 3. Klasse Schwimmunterricht im Lichtenberger *Hubertusbad* hatte, war zumindest für dieses Jahr ihre Schulsportnote gerettet.

Gerettet im wahrsten Sinne des Wortes wurde sie eines Sommertags von ihrem Opa im *Bilzbad* im *Lößnitzgrund*. Wieder einmal hatten die Großeltern mit ihren beiden Enkeltöchtern von Dresden aus einen Ausflug in die Gegend von Radebeul unternommen.

Diesmal ging es aber nicht ins *Indianermuseum*, sondern in jenes historische Wellenbad mitten im Wald. Das

Wasser war sehr kalt, weshalb ihr Opa am Rand stehenblieb und nur die beiden Schwestern hineingingen. Sie liefen, zumal der Wellengang erst langsam einsetzte, immer weiter nach vorn und hatten viel Spaß beim Überspringen der harmlosen Wogen. Bettina blieb etwas zurück, während ihre Schwester mit den anderen größeren Kindern laut juchzend noch weiter vorsprang. Plötzlich wurden die Wellen so hoch und kamen in so kurzen Abständen, dass Bettina viel Wasser schluckte und keine Luft mehr bekam. Da rannte ihr Opa ins kalte Wasser, stürzte zu ihr, nahm sie auf den Arm und trug sie wohlbehalten zur Oma.

In der Schwimmhalle *Am Tierpark* musste Bettina nicht gerettet werden. Dort gab es keine hohen Wellen und schon gar nicht das offene Meer. Sie konnte ihre Bahnen ziehen und dabei ihre Gedanken schweifen lassen. Sie war für sich allein und froh darum.

Henry hingegen, der regelmäßig auf den Schulsportfesten brillierte, war ein ausgesprochener Schwimmhallenmuffel. Ihn konnte das ganze Prozedere mit Raus-aus-den-Klamotten-rein-in-die-Klamotten, und das alles im penetranten Chlorgeruch, nicht begeistern.

Das *Karree* war für Bettina zum *Dreieck* geworden, dessen Eckpunkte die Wohnung in der Mellensee, die Passage und die Schwimmhalle waren. Der Zweierbund zwischen Bettina und Henry hatte sich gelockert, sollte durch die Hinzunahme eines Dritten jedoch an neuer Festigkeit gewinnen.

Henry verließ nach der 8. Klasse die *Wolodja-Dubinin-Oberschule* und *kam in eine andere Schule*. Diese befand sich unweit der Passage und beherbergte die sogenannten *Vorbereitungsklassen* zur *Erweiterten Oberschule*. Mit einem seiner neuen Mitschüler schloss Henry schnell Freundschaft. Lutz wohnte in der Weitlingstraße, am Bahnhof Lichtenberg. In diesem großen Altbaugebiet waren Henry und Bettina bislang nur sporadisch gewesen.

Ihr Zeichenlehrer hatte einmal Dias von alten Städten gezeigt und darauf hingewiesen, dass es ganz in der Nähe ihres Neubaugebiets, eben im Viertel der Weitlingstraße, noch imposante Fassaden zu bestaunen gäbe.

Daran musste Bettina denken, als sie das erste Mal Henry begleiten durfte, seinen neuen Schulfreund zu besuchen. Sie legte häufig den Kopf in den Nacken und blickte zu den bröckeligen Fassaden mit den nur noch teilweise vorhandenen Stuckelementen empor. Auch Lutz' Wohnhaus wirkte von außen recht verfallen, aber das Treppenhaus mit den bunten Glasfenstern und den Türklingeln in der Form von Löwenköpfen ließen die einstige Pracht erahnen. In die Wohnung hätten von der Größe her Henrys und Bettinas elterliche Wohnungen locker hineingepasst. Der Vater von Lutz hatte eine Etagenheizung einbauen lassen. Auf dem Parkettfußboden lagen dicke Teppiche mit orientalischen Mustern.

Die Unmenge von Büchern, die es in der Wohnung gab, ließ Bettina an ihr Zuhause in der Mellensee denken, wo der lange Korridor an einer Seite aus einer riesigen Bücherwand bestand. Aber anders als dort waren es hier bei Lutz vor allem großformatige Kunst- und Bildbände aus aller Welt.

Daneben gab es auch Sammlungen von Märchen und Sagen, allesamt aufwendig illustriert. Lutz konnte sich stundenlang über die verschiedenen Stile auslassen. Als Bettina ihm ihr zerlesenes Büchlein mit *Deutschen Heldensagen* zeigte, das sie wieder einmal als Lektüre mit sich herumtrug, schaute Lutz sie nur mitleidig an. Ein solches Buch ohne *famose Abbildungen* würde er gar nicht erst aufschlagen, da konnte der *alte Hildebrand* noch so sehr seine Waffen meistern.

Überhaupt hatte Lutz in dieser Hinsicht exklusive Prinzipien. Von Bibliotheksbüchern hielt er gar nichts, allein der Gedanke daran, durch wie viele, wenig pflegsame

Leserhände das Buch vorher gegangen sein mochte, war ihm unangenehm. Eine Ausnahme machte er bei seinen *Mosaikheften*; hier ließ er zur Not auch mal einen zerfledderten Zustand gelten, wenn es sich um ein seltenes Exemplar seiner Sammlung handelte. Sammlungen waren ohnehin Lutz' Leidenschaft, genauer gesagt, die seines Vaters. Lutz führte dessen Werk nicht nur fort, er wollte ihn darin noch überbieten. So gab es nicht nur eine umfangreiche Briefmarkenkollektion, sondern auch eine über aller Herren Länder und eine über Weltraumforschung. Lutz investierte zahllose Stunden, um die Sammlungen auf dem aktuellen Stand zu halten. Er hatte sich dadurch ein bemerkenswertes Allgemeinwissen erworben und konnte auf vielen Gebieten ausschweifend mitreden. In einem hohen Glasschrank entdeckte Bettina illustrierte Bücher über Indianer; es stellte sich heraus, dass auch Lutz das Radebeuler *Karl-May-Museum* gut kannte. Er war dort öfter mit seiner Dresdner Großmutter gewesen; bei ihr hatte er bis in seine ersten Schuljahre hinein gelebt und war erst dann zu seinem Vater nach Berlin gezogen. Die Mutter war bei seiner Geburt gestorben. Dies alles erfuhren Bettina und Henry erst nach und nach. Den Vater bekamen sie nie zu Gesicht, selbst für Lutz war er meist abwesend, er war, wie Lutz es formulierte, *ein hohes Tier* und permanent auf Dienstreisen.

Für Bettina und Henry war es toll, eine solch riesige sturmfreie Bude zu haben. Hier beschwerte sich niemand, wenn die Musik aufgedreht wurde. Und das wurde sie, denn Lutz und sein Vater besaßen jede Menge Lizenz- und Westschallplatten.

Letztlich hielten sich die Besuche in der Weitlingstraße aber doch in Grenzen, denn es zeigte sich bald, dass Lutz viel lieber zu Gast in Henrys Wohnung war. In der Mellensee gab es auf der ihrem Wohnblock gegenüberliegenden Straßenseite seit einiger Zeit ein Planschbecken mit Spielplatz, wo sich auch zwei meist umlagerte steinerne Tischtennisplatten befanden. Als Behelfsnetze dienten die schmalen Regenabflussgitter. Ab und an gesellten sich Bettina, Lutz und Henry zu den *Chinesisch*-Spielern, manchmal erwischten sie aber doch eine Platte für sich, dann war *Englisch* angesagt. Einer kämpfte als Solist um die Punkte, und gegenüber hielten die beiden anderen als Doppelspieler dagegen. Vergab der Einzelspieler, rutschten alle eine Position weiter. Gewinner war, wer zuerst die vereinbarte Punktzahl erreicht hatte. Ein anderes perfektes Spiel zu dritt wäre eigentlich Skat gewesen, das Familienspiel par excellence in Bettinas Familie, dort auch oft zu viert mit abwechselndem Aussetzen erprobt. Aber bei Lutz und Henry holte sich Bettina mit diesem Vorschlag eine Abfuhr. Sie waren überhaupt keine Spielertypen, lehnten Karten rigoros ab. Bettinas Opa sagte dazu zwar auch immer *Teufels Gebetbuch*, aber nur scherzhaft, er liebte Skat ebenso wie Schach. Bei Schach jedoch machten sogar Lutz und Henry einmal eine Ausnahme, und so kam es zu einer denkwürdigen Schachpartie zu dritt. Es handelte sich genau genommen um eine Kombination aus Beratungs- und Blindschachpartie. Der Ort des Geschehens war Henrys Zimmer, beide Jungen saßen nebeneinander vor dem aufgebauten Schachbrett und stapelten am Rand mehrere Bücher als Sichtschutz. Bettina hatte in einer anderen Zimmerecke Platz genommen, vor sich Papier und Bleistift, denn die Notation der Schachzüge hatte sie sich ausbedungen, sonst hätte sie sich diese ungewohnte Spielform nicht zugetraut.

Bettina kam schnell in Vorteil, hatte aber Schwierigkeiten, die Stellung im Kopf zu behalten. Schon die Eröffnung war sehr ungewöhnlich verlaufen, ihre Theoriekenntnisse kamen nicht zur Anwendung, und es ergaben sich keine vertrauten Stellungsbilder. Henry und Lutz beratschlagten im Flüsterton über ihre Züge, fuchtelten mit zunehmender Spieldauer mit ihren Armen herum, so dass mehr als einmal der Bücherstapel ins Wanken geriet. Bettina beobachtete dies von weitem amüsiert und konnte sich so noch weniger auf die Partie konzentrieren, sie musste sich bei jedem Zug von Neuem anhand der Notation in Gedanken zur aktuellen Stellung vorarbeiten. Es unterliefen ihr einige Ungenauigkeiten, und als sie später im Vorgefühl des Triumphes eine Figur opferte, die Mattkombination wegen eines Rechenfehlers jedoch nicht aufging, fand sie sich plötzlich in einem komplizierten Endspiel wieder, wo sie zwar immer noch Vorteil hatte, den zu verwerten aber alles andere als trivial war. Henry und Lutz witterten Morgenluft, sie rückten immer enger zusammen, tuschelten eifrig miteinander, und unüberhörbar feierten sie sich schon gegenseitig, was nun doch Bettinas Ehrgeiz anstachelte. Sie wusste, dass das Endspiel immer noch für sie gewonnen war, und suchte krampfhaft nach einem Weg, den sie schließlich in Form des *Dreiecksmanövers* fand. Es war eine Stellung erreicht worden, die mit Bettina am Zug nur zum Remis führen würde, andernfalls aber gewonnen wäre. Die Idee bestand darin, die Gegenseite an den Zug zu bringen. Das würde durch ein abwartendes Lavieren des Königs in einem Felder-Dreieck gelingen. Bettina setzte zu diesem Manöver an; im erneuten und diesmal berechtigten Hochgefühl des bevorstehenden Sieges schaute sie wieder zu den Jungs hinüber, die das Manöver nicht kannten und so auch seinen Sinn nicht sofort erfassten. Die Enttäuschung war dann riesengroß, und ihnen war die Lust auf weitere Schachpartien gründlich vergangen.

Für Bettina wiederum war die wichtigste Erkenntnis aus diesem Experiment, dass sie den abgesonderten Beobachtungsposten als angenehm, ja, als den ihr gebührenden empfunden hatte. Sie war kein Kiebitz im eigentlichen Sinne gewesen, sondern Mitspieler und Beobachter in einem. Sie hatte aus der Distanz zugeschaut und alle Fäden in der

Hand gehalten. Bettina fühlte sich in der Gemeinschaft mit Henry und Lutz wohl, war aber trotzdem froh über den bewahrten Abstand zu ihnen.

Geradezu glücklich jedoch stimmte sie der vertraute Umgang der beiden untereinander. – –

Dreiecke II

Die Zeit der *Vorbereitungsklassen* war abgelaufen, für Lutz und Henry ganz regulär, sie wechselten nun für die beiden letzten Schuljahre an die *Erweiterte Oberschule* in der Nähe vom S-Bahnhof Nöldnerplatz, dorthin, wo Bettinas Schwester gerade ihr Abschlussjahr begann.

Aber auch allgemein gab es von jetzt an nur noch wenige Spezialschulen, die Schüler bereits nach der achten Klasse aufnahmen, so auch jene Schule in Prenzlauer Berg mit verstärktem Altsprachen-Unterricht, in die Bettina die nächsten vier Jahre gehen würde.

Es hieß für sie Abschiednehmen vom *Dreieck* Passage-Mellensee-Schwimmhalle, dem *Gelände der Kindheit*. Fortan waren neben Schusters Rappen die hauptsächlichen Fortbewegungsmittel S- und U-Bahn, um vom *1136er Lichtenberg-Friedrichsfelde* zum *NO 55er Prenzlauer Berg* zu gelangen, wo sich nicht nur die neue Schule, sondern auch verschiedene, von Bettina verstärkt besuchte Schachvereine befanden. Wegen der langen Fahrzeiten lohnte es sich meist kaum, zwischendurch nochmals nach Hause zu kommen. Aber es gab einen Ort, den sie für diese Zwischenzeiten nutzen konnte und an den sie sich dann immer öfter zurückzog: die Berliner Stadtbibliothek in der Breiten Straße. Das erste Mal ging sie dorthin wegen eines Schulvortrags, die schwere Eingangstür mit den zahlreichen A-Buchstaben kannte sie aus einem alten Kinderfilm, etwas aufgeregt und ehrfürchtig kramte sie in den Karteikästen herum und beobachtete in der Wartezeit interessiert das Rohrpostsystem. Das war schon alles eine Nummer größer als in ihrer Passage. Aber das Beste war, dass es einen Lesesaal gab, wo sie einen Tisch für sich allein hatte und das ungestört machen konnte, was sie von klein auf liebte: sich in die Bücherwelt versenken. Sie war nicht auf eine bestimmte Art von Literatur festgelegt, las querbeet, neuerdings hatte sie ein Faible für Lyrik entwickelt. Verse aus Gedichten, die ihr besonders gefielen, mitunter auch gleich sämtliche Strophen, schrieb sie in kleine Hefte ab, die sie fortan stets bei sich trug und so immer wieder nachschlagen konnte. *Dabei wandelte sie oft die Lust an, etwas von ihren eigenen Gedanken hineinzudichten; aber, sie wusste nicht weshalb, sie konnte immer nicht dazu gelangen.* So schrieb sie alles wortwörtlich ab und verbannte die Idee vom eigenen Dichten in eine entfernte Ecke ihres Herzens. Auch in ihren Tagträumen kam dies nicht vor, dort bewegte sie sich in den Geschichten selbst, so wie früher in den gemeinsam mit Henry gelesenen Jugendbüchern. Das geschah derart intensiv, dass sie manches Mal nur schwer beide Welten auseinanderhalten konnte. Selbst wenn diese schon rein äußerlich gar nicht unterschiedlicher vorstellbar waren. Ein bezeichnendes Beispiel dafür war die *Sperlingsgasse*, die gleich gegenüber der Stadtbibliothek lag, aber überhaupt nichts mehr von jenem Zustand aus Wilhelm Raabes *Chronik* an sich hatte.

Literarische Gestalten wurden ihr vertrauter als wirkliche. In ganze Figurenkonstellationen vermochte sie sich besser hineinzudenken als in das Miteinander in ihrer Umgebung. Dieses nahm sie nur wie durch eine Watteschicht wahr, jene beschäftigten sie viel mehr, und wie in Raabes Roman waren es nicht selten Dreiecksgeschichten, die sie anzogen. Oder aber, wo sie als distanzierte, also nicht wirklich involvierte Beobachterin das Dreieck komplettierte.

Eines Tages machte sie die verwirrende Erfahrung, dass sich diese Angewohnheit auch auf Filme übertrug. Innerhalb einer Romy-Schneider-Retrospektive im Fernsehen war der Klassiker „Mädchen in Uniform" gezeigt worden und hatte Bettina ziemlich aus dem Gleichgewicht gebracht. Sie konnte es selbst nicht fassen, wie sehr sie diese doch eigentlich altbackene Verfilmung beschäftigte. Wochenlang gab es immer wieder Momente, egal, ob Bettina unterwegs war oder in der Schule saß, wo ihr plötzlich

Szenen aus diesem Film vor Augen traten, ja, sie von ihnen regelrecht körperlich getroffen wurde. Sie blickte gleichgültig in die Gesichter der Leute in der U-Bahn oder in die von Mitschülern und Lehrern und wand sich gleichzeitig in ihrem Innern vor stechenden, ihr völlig unerklärlichen Schmerzen. Bettina sah sich selbst in die Filmkulisse eintreten, war so dem *Mädchen Manuela* und dem *Fräulein von Bernburg* ganz nah und blieb doch auf Distanz zu beiden. Sie versuchte es mit einer Analyse aus der Beobachtung heraus, und das schien tatsächlich zu funktionieren. Im Laufe der Zeit ließ der Schmerz in der Bauchgegend nach, zurück aber blieb doch eine gewisse Verunsicherung darüber, wie ein Film, der so weit weg von ihrer Lebenswirklichkeit war, sie so aus der Bahn hatte werfen können. Wie abgeklärt und mit welch unbeschwerter Amüsiertheit hatte sie dagegen wenige Jahre zuvor den Kultfilm „Sieben Sommersprossen" aufgenommen, dessen Ferienlageratmosphäre sich mit Bettinas eigenen, neben schönen auch weniger schönen Erlebnissen verbunden hatte.

Zu den schönen zählte an erster Stelle Tischtennis; ihre wenn auch insgesamt eher bescheidenen Fertigkeiten hatte Bettina in Neuendorf am See erworben, im Betriebsferienlager der Akademie der Künste, der Arbeitsstelle ihres Vaters. Schön war ebenfalls das Baden, und das Erreichen von Schwimmstufen milderte wie in Schulzeiten das sonstige Versagen angesichts der auch das Ferienlager beherrschenden Sportmanie. Dort musste natürlich unbedingt ein Sportfest veranstaltet werden, und jeder Tag begann zehn vor Sieben mit Frühsport, aber nicht so locker zwischen den Bungalows, nein, dazu ging's im Laufschritt in den Wald – und nach Absolvieren des Gymnastikprogramms im Laufschritt wieder zurück, und der Letzte am Tor durfte zum Gaudi der Meute Liegestütze machen. Bettinas wie das der anderen Jüngeren beziehungsweise Unsportlichen Glück war, dass einigen der ‚Großen' das alles einfach zu

blöd war und sie im ostentativen Schlenderschritt zurück-
bummelten, wobei die Sportskanone unter ihnen schließlich mit großmütigem Lächeln die Liegestütze zelebrierte.

Der nicht nur vom Typ her, sondern von Berufs wegen
trillerpfeifende Sportlehrer war auch in anderen Dingen
mächtig auf Zack. So musste gruppenweise Aufstellung genommen werden, bevor es geschlossen den Speisesaal zu
betreten galt. Mitunter ließ sich Trillerpfeife zuvor die aus-
gestreckten Hände zeigen und begutachtete die Handteller
der Kinder. Als Bettinas einmal schmutzig waren, musste
sie vor die Gruppe treten und ihre Hände hochhalten, auf
dass alle Zeugen ihrer Missetat wurden. Abends in ihrem
Doppelstockbett hatte sie dann wieder etwas mit ihren
zehn Vertrauten auszuwerten. Das Ergebnis war, dass dies
alles vor jenem früheren Negativerlebnis verblasste, das
sich für Bettina auf immer und ewig mit dem Wort *Kaltschale* verbinden würde. Bettina, die eigentlich eine gute
Esserin war, hatte sich an jenem Tag vor der als Kaltschale
deklarierten Nachspeise derart geekelt, dass sie sich dieser
komplett verweigert hatte. Die Betreuerin ihrer Gruppe
hatte dies partout nicht gelten lassen wollen und das Mädchen zum Auslöffeln gezwungen. Als es sich daraufhin
über den ganzen Tisch hatte erbrechen müssen, waren bei
der Frau doch so etwas wie Gewissensbisse zu erkennen
gewesen. Sie hatte Bettina beim Aufwischen geholfen und
dafür in der nächtlichen Auswertung mildernde Umstände zugesprochen bekommen.

Während Bettina in diesem Fall wie so häufig alles mit
sich beziehungsweise mit ihren Fingerfreunden ausge-
macht hatte, eröffnete sich ihnen bei Trillerpfeife eine ganz
neue Dimension.

Dessen Sportfimmel nämlich erstreckte sich erstaun-
licherweise auch aufs Schachspiel. An einem Abend kam
Bettina im Klubraum hinzu, als eine Partie zwischen Trillerpfeife und einem der ,großen' Jungen im Gange war.

Letzterer hatte keine Lust mehr, und Bettina erbot sich, für ihn einzuspringen. Es war schon einiges Material abgetauscht worden und in der Schachtel verschwunden. Eine offensichtlich verloren gegangene Figur von Trillerpfeife war durch eine aus einem Halma-Spiel ersetzt worden. Bettina traute sich nicht, ihr finster und konzentriert dreinblickendes Gegenüber nach der Funktion des Spielsteins zu fragen, und lief dann prompt in ein *Gabelfrühstück* des Halma-Springers hinein. Dass die Partie dann doch noch zu ihren Gunsten ausging, trug Bettina nicht nur die Anerkennung der Umstehenden ein, sondern auch die von Trillerpfeife, der Mann ließ sie fortan in Ruhe.

Schach war ihr hier zur Lebenshilfe geworden, den *lädierenden Leibesertüchtigungen* konnte etwas entgegengesetzt werden. Im Spiel gelang es Bettina, von äußeren Gegebenheiten abzuschalten und ihrer Fantasie freien Lauf zu lassen. Es war kein Theaterspiel wie „Romeo und Julia" sowohl in „Mädchen in Uniform" als auch in „Sieben Sommersprossen", und es war auch keine zarte Liebesanbahnung wie in diesen beiden Filmen. Es sei denn, man möchte doch so etwas wie eine Liebe zum Schach hinzuzählen. Bereits Bettinas *erste Liebe*, das Lesen, war mit einer nachhaltigen Erfahrung während eines Ferienlager-Aufenthalts verbunden. Damals, sie mochte acht oder neun Jahre alt gewesen sein, hatte sie leichtes Fieber bekommen und deshalb Bekanntschaft mit dem Krankenzimmer geschlossen. Es war ihr zum beglückenden Refugium geworden, zumal mit einem Bücherregal ausgestattet, durch das Bücherwurm Bettina sich buchstäblich fieberhaft hindurchgefressen hatte. Ein Buch hatte es ihr besonders angetan, und sie würde es sich später noch mehrmals aus ihrer *Passagenbibliothek* ausleihen: „Die Feuertaufe". Ein Junge namens Boris geht von zu Hause fort, um an der Seite der *Roten* im russischen Bürgerkrieg zu kämpfen. Er findet einen väterlichen Freund, den er *viel mehr als irgendeinen anderen* liebt, und gerät in mehrere Situationen auf Leben und Tod. Was Bettina in ihrem Krankenzimmer-Refugium am meisten aufgewühlt hatte, waren die Stellen gewesen, wo sich Boris an seine Heimatstadt, *das alte Arsamas*, erinnert, an ihre Gärten und Friedhöfe, eine verwunschene Kindheitsidylle, ein wenig wie die von *Timur und seinem Trupp*, wobei in beiden Büchern die unruhige Kriegszeit *draußen* ständig präsent ist. Boris war aus seiner alles andere als heilen Idylle aufgebrochen, und doch war sie es, die ihm immer mal wieder *vor Augen stand*, ohne dass er *wußte, warum*. Bettina hatte nicht nur das Wort Heimweh gekannt, sie hatte gewusst, dass es wirklich wehtun konnte, sie hatte es hier im Ferienlager im Jahr zuvor selber erlebt. Sie hatte sich in einer Toilettenkabine eingeschlossen und sich vor Schmerzen gekrümmt. Es war erst besser geworden, als sie ihren Tränen hatte freien Lauf lassen können. Sie hat so etwas nie wieder in dem Maße erfahren, aber woran sie auch später noch oft würde denken müssen, war das Sehnsuchtsbild, das *ihr* vor Augen gestanden hatte. Es war nicht etwa eine besonders schöne Landschaft mit gelösten Urlaubsgesichtern gewesen, sondern eine ganz banale Alltagssituation in der Mellensee: ihre Familie, also ihre Eltern, ihre Schwester und sie, Bettina, versammelt am Abendbrottisch, zunächst alle still vor sich hin kauend, solange die Nachrichten im Deutschlandfunk liefen, dann jeder von seinem Tag plaudernd, bis sich der Vater zum *Retirieren* erhob, sich also in sein Arbeitszimmer zurückzog.

Bettinas Schwester war auch mit im Ferienlager und bei allem mit einer solchen Begeisterung dabei, dass sie später sogar als Betreuerin mitfahren würde. Zu ihrer kleinen Schwester freilich hielt sie großen Abstand, bekam so auch nichts von deren Nöten mit. Einmal aber hatte sie ihr in großer Not beigestanden. Zur Vorbereitung des Neptunfestes hatten die Kinder Röcke aus Krepppapier basteln sollen. Wieder einmal hatte alles zackig zu gehen, und wie-

der einmal war Bettina nicht auf Zack gewesen. So finger-
fertig sie im geheimen Umgang mit ihren zehn Freunden
auch war, wenn's im realen Leben darauf ankam, war es mit
derlei Fertigkeit nicht weit her, da konnten Bettinas zwei
linke Hände nicht mit der Schere, geschweige denn mit
Nadel und Faden umgehen. Ihre Schwester hatte in diesen
Dingen großes Geschick, und diesmal hatte sie den Kum-
mer der Jüngeren bemerkt und war ihr zu Hilfe geeilt.

Inzwischen war Bettina älter geworden, Krankenzim-
mer- und Toilettenkabinenrefugien waren nicht mehr
vonnöten, Neptun- und Bergfeste bereiteten Spaß, Triller-
pfeifen konnten ihr nichts mehr anhaben. Bald würde sie
zu den ‚Großen‘ zählen und vielleicht auch im Schlenderschritt aus der zackigen Reihe tanzen.

Und dann gab's da noch seltene, aber umso wertvollere
Momente. Da kam schon mal Franz Fühmann aus Mär-
kisch Buchholz angeradelt; Bettina staunte ihn nur von
weitem an, dabei hätte sie ihn gern auf sein *Prometheus*-
Buch angesprochen, sie sollte sich später ein Herz fassen
und ihm einen Brief schreiben.

Einmal gab's Besuch vom großen Ernst Busch. Er wirkte zwar hinfällig und gebrechlich, aber davon war nichts
mehr zu merken, als er aufstand und „Hans Beimler, Kamerad“ sang. Jedes Kind bekam eine Schallplatte von ihm
geschenkt, und diese hörte Bettina noch jahrelang in der
Mellensee gemeinsam mit jenen, auf denen Gisela May *Tucholsky und Erich Kästner singt*.

Doch all dies änderte nichts an Bettinas grundsätz-
licher Abneigung gegen das Ferienlager, und so war
sie erleichtert, als ihre Eltern ihr erlaubten, stattdessen
nach Dresden zu fahren. Dort hatte sie die Großeltern
für sich allein, machte mit ihnen Ausflüge in die Sächsische Schweiz und Erkundungsgänge durch die Dresdner Innenstadt und Museen. Nicht zuletzt war es eine
intensive Lesezeit, sie durchstöberte die Bücherschränke

ihres Opas und nahm von ihm so manchen Lesetipp sehr dankbar an.

Schließlich erlebte Bettina doch noch in zwei Sommerferien eine Ferienlager-Wohlfühlatmosphäre. Ihre Mannschaft von dem kleinen *Passagenschachverein Chemie Lichtenberg* hatte sich für die Endrunde im *Pionierpokal* qualifiziert. Diese wurde im *Pionierlager Maxim Gorki* in Wilhelmsthal bei Eisenach ausgetragen. Es drehte sich alles um die Wettkämpfe und deren Auswertung, und am Ruhetag ging es durch die *Drachenschlucht* und hoch zur Wartburg, wo sich Bettina von den Geschichten um den *Sängerkrieg* und *Elisabeth von Thüringen* einnehmen ließ, aber auch von der um Luthers Tintenfasswurf.

Das Lagerleben war mit Schach mehr als nur zu ertragen, es machte Spaß. Und den konnte selbst ihr gestrenger Übungsleiter nicht verderben. Er war vom Wesen her Trillerpfeife nicht unähnlich und von Beruf Lehrer für *Produktive Arbeit*, wobei dem Typus PA-Lehrer nicht ohne Grund ein ähnliches Image wie dem des Sportlehrers anhaftete. Lernte man ihn etwas näher kennen, und gegenüber Bettina und einigen Jungen ihrer Mannschaft öffnete er sich zusehends, so konnte man hinter seiner verhärteten Fassade einen verletzlichen Menschen mit ungewöhnlich kritischen Ansichten entdecken.

Auf Bettina hielt er große Stücke und ließ sie dann seine Enttäuschung deutlich spüren, als sie sich zum Wechsel zu einem größeren und spielstärkeren Verein entschlossen hatte. Dieser hieß *Akademie der Wissenschaften*, kurz: *AdW Berlin*, und hatte sein Spiellokal unweit von Bettinas Schule, in der Bernhard-Lichtenberg-Straße. Der Vereinsabend und vor allem das intensive Training an einem zusätzlichen Abend in der Woche ließen Bettina einen großen Leistungssprung im Schach machen.

Man konnte gewissermaßen von einem sich neuformierenden Dreieck sprechen, mit den Eckpunkten Schule, Schachverein und Stadtbibliothek. Waren die beiden Letztgenannten Wohlfühlorte, so sah Bettina in der Schule eine lästige Pflichtübung. Sie verstand sich zwar sehr gut mit einigen ihrer Mitschüler, aber von den Lehrern und der Institution Schule fühlte sie sich gegängelt.

Gegängelt freilich kam sich Bettina neuerdings ständig vor, ob von der Platzanweiserin im Kino, ob vom Fahrkartenkontrolleur in der S-Bahn, ob am Postschalter oder überhaupt vor allen möglichen Schaltern und Waltern der Ordnung. Sie ließ es über sich ergehen, sie tanzte nicht aus der Reihe, aber *retirierte* immer mehr in ihre Bücher.

Oder eben ans Schachbrett. Der Zeitumfang hatte erheblich zugenommen, die stundenlangen Wettkampfpartien nahmen nun die meisten Wochenenden in Beschlag und konnten wochentags erst nach Feierabend beginnen. Musste man anschließend noch durch die halbe Stadt nach Hause fahren, nicht selten im Pendelverkehr, konnte das dauern. Einmal begegnete die übernächtigte Bettina Henrys Mutter im Treppenhaus, und deren Frage „Wissen deine Eltern eigentlich, dass du noch so spät unterwegs bist?" passte für Bettina ins allgegenwärtige Gängeleimuster.

Dagegen waren ihre Zusammenkünfte mit Henry und auch mit Lutz viel seltener geworden, aber nicht etwa, weil sie sich von den beiden Jungs entfremdet hätte, sondern einfach aufgrund des Zeitfaktors.

Die Anforderungen in der Schule waren sehr hoch, nicht nur in Bettinas 9. Klasse mit der Umstellung von der *Polytechnischen* auf die *Erweiterte Oberschule*, auch die 11. Klasse von Lutz und Henry hatte es in sich; im Schuljahr vor dem Abitur war ungleich mehr Schulstoff zu bewältigen als dann im Jahr der Abschlussprüfungen. Hinzu kam, dass man sich mit dem Schulzeugnis der 11. Klasse um einen Studienplatz bewarb.

Bettina hatte Henry und Lutz etwas aus den Augen verloren, fand diese Distanz aber im Grunde wenig problematisch, ja, sie fiel ihr nicht einmal sonderlich auf angesichts der vielen anderen Dinge, die gerade auf sie einstürmten.

Sie nahm aus der Ferne wahr – und sie freute sich darüber sehr –, dass die beiden Jungs nun noch enger zusammenrückten. In den Freistunden und auch nach Unterrichtsschluss ging Henry oft noch mit zu Lutz, um gemeinsam mit ihm für die Schule zu arbeiten.

Sie hatten beide ehrgeizige Ziele. Henrys Traum war ein Journalistikstudium, er sprach oft davon, der neue Kisch werden zu wollen, als *rasender Reporter* in der Welt herumzukommen, und diese natürlich zu verbessern. Um einen Studienplatz an der Karl-Marx-Universität Leipzig zu ergattern, mussten Bestnoten her. Auch Lutz strengte sich nach Kräften an, das erwartete sein Vater von ihm. Er sollte in dessen Außenhandels-Fußstapfen treten und zunächst an der Hochschule für Ökonomie in Karlshorst studieren. Im Inneren aber spielte Lutz schon seit längerem mit dem Gedanken, sich an der Weißenseer Kunsthochschule zu bewerben. Er besuchte abendliche Zeichenkurse, und als dort Aktzeichnen an der Reihe war, bat er Henry, ihm in seiner Weitlingstraßenwohnung zusätzlich Modell zu stehen. Das dauerte *jedes Mal eine ganze Stunde*; Bettina wusste davon, und sie war ganz erleichtert, dass Lutz nicht auch sie darum gebeten hatte. Allein der Gedanke daran, sich vor ihm zu entblößen und dann *in schwarzer Kreide* gezeichnet zu werden, war ihr doch *recht zuwider*. Sie mochte Lutz sehr, er war für sie nicht *der fremde Mensch*. War ihre Scheu Prüderie oder rührte sie nicht doch mehr davon her: dass er ihren Körper *so auswendig lernte* und sie ihm dadurch womöglich mehr von sich preisgab, als sie wollte? Und wie verhielt es sich mit Henry, stand er über diesen Dingen? Es schien ihm jedenfalls nichts auszumachen, und wieder war Bettina froh darum. So funktionierte eben ihr Dreieck mit den beiden. Und auch ihr anderes, das Schul-Schach-Bibliotheksdreieck, zeigte ungeachtet aller Belastung doch eine gewisse Stabilität.

Schließlich war sie ganz gut durch dieses neunte Schuljahr gekommen, und auch Henry und Lutz durch ihr elftes. Dann aber wurde Bettinas Vertrauen in ihre Dreieckskonstruktionen erheblich erschüttert.

Sie hatte ihre Schwester zu deren Abiball in der *Kongreßhalle* begleiten dürfen. Im Anschluss ergab es sich, dass die Schwester noch mit ein paar Freunden herumziehen wollte. Es war mitten in der Nacht, und S- und U-Bahn hatten schon den Betrieb eingestellt. Taxis waren ausgesprochen rar, nicht aber Schwarztaxis, und ein solches Gefährt wurde nun von einem Kumpel der Schwester, Typ Mädchenschwarm des ganzen Jahrgangs, aufgetan. Dieser drückte dem Fahrer, einem jungen Mann, einen 20-Mark-Schein in die Hand – und Bettina einen dicken Schmatzer auf den Mund –, und schon fand sie sich auf dem Beifahrersitz wieder. Ihre Schwester hatte noch gefragt, ob das auch wirklich in Ordnung für Bettina sei, und natürlich war es das. Sie wollte ihrer großen Schwester schließlich nicht den Spaß verderben. Und dann ging's los: vom Alex bis nach Friedrichsfelde. Das Unheimliche an der Situation war, dass auf der Rückbank des Schwarztaxi-Trabis noch ein zweiter junger Mann saß. Ganz offensichtlich ein guter Freund des Fahrers, der ihm wohl Gesellschaft leisten wollte. Vielleicht war er zu Besuch in Berlin, und so konnten die beiden während der lukrativen Nachtfahrten halt etwas plaudern. Beide Männer wirkten recht sympathisch, und Bettina fühlte sich nicht wirklich in Gefahr, aber doch unbehaglich, da der Mann auf dem Rücksitz ständig hin und her rutschte und sie, wenn er genau hinter ihr saß, seinen Atem im Nacken spürte. Er wusste wahrscheinlich einfach nicht, wohin mit seinen langen Beinen. Als die Männer aber anfingen, auf sie einzureden, wie leichtsinnig das Ganze von ihr und vor allem von ihren Freunden gewesen sei, wurde sie doch nervös. Sie war sich plötzlich nicht mehr sicher, ob sie noch auf dem richtigen Heimweg waren. Die Frankfurter Allee hatte der Fahrer längst verlassen und kurvte in irgendwelchen Lichtenberger Straßen herum, die der ohnehin oft orientierungslosen Bettina nun des Nachts gänzlich unbekannt vorkamen. Dazu die ständigen Belehrungen, mal geraunt in einem in ihren Nacken gehauchten Wortschwall von der Rückbank, mal eindringlich vorgebracht vom Fahrersitz, wobei die rechte Hand, statt am Lenkrad zu verbleiben, mitunter zum Beifahrersitz wanderte, gefolgt von einem Blick, der sich eigentlich auf die Straße richten und nicht an eine Fünfzehnjährige heften sollte, die sich immer unwohler in ihrer Haut fühlte und mit dem Ausmalen irgendwelcher Horrorszenarien begonnen hatte. Alles blieb völlig harmlos, und auch Bettina machte die ganze Zeit gute Miene, nur ihre Hände wurden schweißnass, und ihre Fingernägel drückten so tiefe Spuren in ihre Handteller, dass bei der späteren Auswertung im Bett nicht so leicht wie sonst zur Tagesordnung übergegangen werden konnte. Zuvor aber war sie unbeschadet vor ihrem Wohnblockaufgang abgesetzt worden und hatte beim Aussteigen aus dem Trabi schon ihre besorgte Mutter am Fenster erblickt. Ihr tischte Bettina die mit ihrer Schwester vereinbarte Geschichte auf, dass diese sie gemeinsam mit ihren Kumpels nach Hause gebracht habe, aber mit ihnen gleich weitergefahren sei. Die geschönte Story wurde noch jahrelang von ihrer Mutter halb belustigt bei familiären Treffen zum Besten gegeben.

Bettina beschäftigte dieses Erlebnis lange Zeit, sie dachte oft darüber nach, ob die Verunsicherung, die sie auf engem Raum im Trabant mit zwei fremden Männern gespürt hatte, übertragbar wäre auf ihr Dreieck mit zwei guten Freunden. Sie erklärte sich so ihre bevorzugte Position der beobachtenden Distanz, ihre Sehnsucht nach Freundschaft

in Verbindung mit einer gleichzeitigen Scheu vor zu großer Nähe.

Juni

Wie erwartet, erwiesen sich die 12. Klasse für Henry und Lutz sowie die 10. Klasse für Bettina als insgesamt weniger anstrengend gegenüber den jeweils vorangegangenen Schuljahren. Beide Jungen waren ehrgeizig genug, sich auf ihre Abiturprüfungen gewissenhaft vorzubereiten.

Bei einer Sache wurde Bettina von Henry eingespannt. Es ging um einen Vortrag über Anna Seghers; er hatte es sich in den Kopf gesetzt, dazu ein Interview mit Christa Wolf zu führen. Als angehender Journalist hatte er sich ein paar Fragen überlegt und die Telefonnummer von Familie Wolf ganz einfach aus dem Telefonbuch herausgesucht. Anrufen und zum Mitmachen überzeugen aber sollte nun Bettina. Die fand es völlig absurd, überhaupt ein solch banales Anliegen an eine so große Autorin herantragen zu wollen, und dann auch noch telefonisch. Bettina hasste Telefonieren. Aber Henry zuliebe blieb ihr wohl nichts anderes übrig. Sie standen sich eines Abends erst eine Weile die Beine in den Bauch und erwogen das Für und Wider, genauer gesagt, brachte Bettina viel Contra vor, Henry hielt mit ein paar Pro dagegen und schob die Widerstrebende schließlich in die Telefonzelle. Am anderen Ende der Leitung meldete sich Gerhard Wolf, Bettina stellte stotternd die Interviewanfrage, die in ruhigem, aber bestimmtem Ton abschlägig beantwortet wurde. So musste sich der *rasende Reporter* Henry geschlagen geben. Seine Telefonassistentin Bettina aber war von dieser kleinen Episode doch beeindruckt. Sie stellte sich vor, wie das Ehepaar Wolf am Abendbrottisch gesessen und sich über irgendwelche Rezensionen oder neue Schreibprojekte unterhalten hat, und wie dann das Telefon klingelt, und beide überlegen, ob man rangehen sollte, es könnte ja etwas Wichtiges sein. Dann erbarmt sich wie immer Gerhard, und während er sich die Hörmuschel ans Ohr drückt, hält er Blickkontakt mit seiner Frau. Als er merkt, wer sich da als Dritte in ihren Bund eingeschlichen hat, wimmelt er diesen Störenfried routiniert ab, während er Christa beruhigend zublinzelt und diese leicht genervt die Augen verdreht.

In der Phase der schriftlichen Prüfungen im Februar und erst recht einige Wochen später in der der mündlichen, als längst der reguläre Unterricht aufgehört hatte, gab es auch für Lutz und Henry reichlich Freiraum für andere Aktivitäten.

Lutz besuchte weiterhin die abendlichen Zeichenkurse; auch nach der Zulassung zum Studium an der *HfÖ* hatte er seine Ambitionen, es an die Weißenseer Kunsthochschule zu schaffen, nicht aufgegeben. Aktzeichnen mit Henry in der Weitlingstraße fand freilich nicht mehr statt. Die beiden Freunde kamen allgemein nicht mehr so oft wie früher zusammen, was Bettina enttäuscht registrierte. Sie glaubte zwischen beiden sogar eine gewisse Rivalität wahrzunehmen.

Auch Henry war außerhalb der Schule sehr aktiv, er nahm regelmäßig an Treffen einer *Philosophischen Schülergesellschaft* der Humboldt-Universität teil, sah immer noch *alles dialektisch* und lief seit Erhalt seines Studienplatzes für Journalistik an der *KMU* mit breiter Brust umher. In Gesprächen mit Bettina schlug er wie gehabt gern einen belehrenden Ton an, was sie zu Widerworten reizte, selbst wenn sie sich mit ihm im Grunde einig wusste. Ein Thema allerdings mied sie, weil sie seine Verbissenheit dabei befremdete: das der Parteimitgliedschaft beziehungsweise der ihr vorausgehenden Kandidatenzeit. Bettina wusste, dass dies mit Henrys Vater zu tun hatte, wenngleich sie keine genaueren Hintergründe kannte. Der treue Parteisoldat war nach einer Parteistrafe oder sogar einem Ausschluss aus *seiner Partei* krank geworden und hatte sich völlig verbittert zurückgezogen. Der Sohn wollte die Familienehre wiederherstellen, wollte das Unrecht, das seinem Vater widerfahren war, dadurch wiedergutmachen, dass er nun ein noch besserer Genosse sein würde. Henry glaubte einen Kampf austragen zu müssen, der anders als jener war, in dem viel Arbeiterblut vergossen worden war und dem zu Ehren seine Eltern an Feiertagen die rote Fahne am Fenster befestigten. Er wusste selbst nicht genau, gegen wen sich sein Groll richtete, nicht gegen Bettina jedenfalls, oder höchstens ein kleines bisschen, weil sie mitunter eine spöttische Bemerkung einwarf, die Sache an sich zwar nicht in Frage stellte, aber ihr nicht den nötigen Ernst entgegenzubringen vermochte. Die Halterungen für Fahnenstangen an den Fenstern von Bettinas elterlicher Wohnung blieben immer verwaist. Sie fand das gut und blickte an den betreffenden Tagen mit einer gewissen Befriedigung an der Fassade ihres Wohnblocks in der Mellensee hinauf zu den nur wenigen unbeflaggten Wohnungen, ohne dieser Angelegenheit jedoch eine zu große Bedeutung einzuräumen.

Für Lutz wiederum war es die selbstverständlichste Sache der Welt, dass sein Vater die schwarz-rot-goldene Fahne mit DDR-Emblem zum Fenster hinaushängte, so, wie dieser auch selbstverständlich an Karten herankam, zum Beispiel für das *Festival des politischen Liedes* im Foyer vom *Palast der Republik*. Das war in der Zeit der schriftlichen Prüfungen, und es war vor allem für Bettina ein unbeschreibliches Erlebnis. Sie entdeckte dort ihr Faible für Wenzel/Mensching und lauschte dem exotischen Gesang Czesław Niemens.

Auch Bettina hatte Prüfungen, aber der Zehnklassenabschluss spielte an der *Erweiterten Oberschule* eine relativ geringe Rolle, was Bettina dazu verleitete, ihn auf die leichte Schulter zu nehmen und den gewonnenen Freiraum für ihre Schachleidenschaft zu nutzen.

Neben ihrem wöchentlichen Training und den *AdW*-Abenden war es vor allem ein Schachverein, zu dem es sie nun mehr und mehr hinzog. Unweit des U-Bahnhofs Dimitroffstraße gab es in der Kastanienallee die Sportkneipe von *Rotation Berlin* mit einem schachbewegten Hinterland, das sich über mehrere Höfe erstreckte. Hier konnten ebenso Wettkampfpartien wie freie Partien wie Blitzturniere gespielt werden, und man traf auf die unterschiedlichsten Leute.

Nur wenige Schritte entfernt befand sich in der Oderberger Straße ein altes Stadtbad, das in Bettina Erinnerungen an ihr Lichtenberger *Hubertusbad* und den dortigen Schulschwimmunterricht wachrief. In der Oderberger Schwimmhalle fand nun die Schwimmprüfung ihrer *EOS* statt, deren Resultat Bettinas Sportabschlussnote auf ihrem Zeugnis der 10. Klasse etwas freundlicher aussehen ließ.

Von den übrigen Prüfungen war für Bettina die im Fach Deutsch mit einer bemerkenswerten Episode verbunden. Es sollte im Vorfeld eine kleine Liste mit privaten Lektüren abgegeben werden, die dann in Ergänzung des Prüfungsgesprächs herangezogen wurde. Bettina hatte darauf auch ein Buch notiert, dessen Wirkung auf sie überwältigend war: Tschingis Aitmatows „Der Tag zieht den Jahrhundertweg". Dieser Roman verknüpft auf verschiedenen Ebenen die in Mittelasien angesiedelte Geschichte eines alten Eisenbahners mit alten Legenden sowie Außerirdischem, und dazwischen spielen die Großmächte ihr Spiel. Bettina spürte beim Lesen eine Aufregung, die mit der Bewunderung für die komplexe Erzählstruktur zu tun hatte, aber auch mit den Tabus, an denen in diesem Roman gerüttelt wurde. Umso überraschter war sie in der Prüfung, dass ausgerechnet die sonst mitunter streng und unnahbar wirkende Schuldirektorin auf eben dieses Buch zu sprechen kam und sich mit ihr, und auch mit der wohlwollend nickenden Deutschlehrerin, ein angeregtes Gespräch entwickelte.

Bettina stellte danach ihre oftmals empfundene schulische Gängelei etwas in Frage, aber mehr noch wurde ihr diese Prüfungserfahrung zum Fingerzeig, ob das nicht *auch* ihr Ding wäre: Literatur nicht nur zu lesen und als Leser darüber nachzudenken, sondern sie als Literaturwissenschaftler zu analysieren. Ihr Traum vom eigenen Schreiben *von* Literatur wurde ergänzt durch den vom eigenen Schreiben *über* Literatur.

Zunächst aber überwog die Erleichterung, die Prüfungen hinter sich und einigen Leerlauf vor sich zu haben.

Es war im Juni. Und an einem warmen *Juninachmittag* traf es sich, dass Bettina und Henry fast wie in Kindertagen mal wieder ihr Karree durchstreiften. Ihre Mütter hatten sie zum Erdbeerkauf losgeschickt, an der Passage sollte es laut Mundpropaganda welche geben. Aber als die beiden dort anlangten, zeugten nur noch ein paar herumliegende kaputte Körbe und zertretene Früchte hinter dem Gemüsestand vom erhofften *Erdbeerenschlag.* Es hieß, zwei LKW, von denen herab Erdbeeren verkauft würden, stünden am U-Bahnhof Friedrichsfelde. Aber von denen sahen sie auch nur noch die Rücklichter, und so gaben sie das *Erdbeerensuchen* auf und spazierten durch die *Märkische Aue* wieder in Richtung der Mellensee.

Die Gärten in der Kleingartensiedlung standen bis auf wenige Ausnahmen in voller Pracht. Die Laubenpieper hätten am Wochenende bewundernswerten Einsatz gezeigt, meinte Henry spöttisch und deklamierte dazu: *Der Postbeamte Emil Pelle / Hat eine Laubenlandparzelle.* „Was macht eigentlich eure Datsche?", fragte ihn darauf Bettina, aber da winkte er nur missmutig ab. Sie blieben eine Weile an dem alten Taubenschlag stehen und konnten sich nicht einig werden, welche Farbe der früher gehabt hatte. Gegenüber der Gartensparte setzten sie sich auf eine Bank, Bettina zog eine dem elterlichen Korridorbücherregal entnommene Erzählung von ihrer verhinderten Telefonpartnerin aus der Tasche und las Henry vom *Urbild eines Gartens* vor, das nämlich darin bestünde, *ein grüner, wu-*

chernder, wilder, üppiger Garten zu sein. Henry beugte sich zu ihr herüber, und sie lasen gemeinsam, abwechselnd mal leise, mal lauter, fast so wie in ihrem alten Fischkutter. An einer Stelle musste Bettina schmunzeln: als davon die Rede war, dass ein kleines Mädchen das Wort *Pinguin* nicht aussprechen konnte und stattdessen immer *Ingupin* gesagt hat. „Genau so ging es mir mit Köpenick, das hieß für mich immer *Pökenick*." Nur eine Seite weiter fing Henry an zu lachen, wurde doch dort beklagt, dass *die Erdbeeren dieses Jahr am Stiel faulen.* „Kein Wunder, dass wir leer ausgegangen sind." Aber waren sie das denn? Bettina jedenfalls fühlte sich seltsam beschwingt, die alte Vertrautheit zwischen ihr und Henry war über das Lesen für einen *federleichten Nachmittag* wiederhergestellt. Sie wollte diesen Moment festhalten, und wenn es nur das *Gewicht dieser Minute* war. Christa Wolf sinniert an dieser Stelle: „Hundert Jahre sind wie ein Tag. Ein Tag ist wie hundert Jahre." *Der Tag zieht den Jahrhundertweg*, dachte Bettina, aber sie wollte jetzt keine unruhevolle Zeitgeschichte an sich heranlassen. Sie lehnte wie die Erzählerin in der Geschichte den Kopf zurück, schloss aber nicht die Augen, und so entging ihr nicht das Eichhörnchen, das *über ihren Köpfen von Ast zu Ast sprang.* Und da war sie plötzlich in einer anderen Geschichte, umso mehr, da *vor ihnen ein kleiner Bach*, die *Tränke*, und *jenseits der Wald*, das *Osterwäldchen*, waren.

So ging der Tag hin.

Einige Tage später unternahmen sie dann endlich auch wieder etwas zu dritt. Es sollte an den Biesdorfer See gehen. Die zum Badesee umfunktionierte alte Kiesgrube war mit dem Fahrrad von der Mellensee aus gut zu erreichen. Und so holte Bettina nach langer Zeit ihr *Mifa*-Klapprad aus dem noch immer nach Katzenurin stinkenden Kellerverschlag, und dann ging's auf der Hans-Loch-Straße zur Straße Am Tierpark, unter der Eisenbahnbrücke hindurch und den staubigen Sandweg an der Bahntrasse entlang nach Biesdorf.

Bettina hatte vor Jahren ab und an ihre Schwester und deren Schulfreunde hierher begleitet. Die hatten sich im Erzählen von Schauergeschichten überboten, was alles auf dem Grund des *Biesis* läge und welch gefährliche Strudel sich deswegen gebildet hätten. Bettina hatte das in sich aufgesogen und mitgelacht. Einmal war sie allein hinausgeschwommen, und etwa auf Höhe der Mitte des Sees war ihr sehr mulmig geworden. Ihre Füße hatten sich in langen, *vom Grunde herauf* sich windenden Stricken *wie in einem Netze* verfangen. Es war helllichter Tag gewesen, und dennoch war ihr *das unbekannte Wasser* plötzlich *schwarz* vorgekommen, sie hatte sich *unheimlich* in dem ihr auf einmal *fremden Elemente* gefühlt, schließlich *mit Gewalt* das wohl von irgendwelchem Schrott stammende *Gestrick* zerrissen und war *in atemloser Hast* dem Ufer zu geschwommen. Dort hatte sie sich wieder zur fröhlichen Gruppe ihrer Schwester gesellt und der ganzen Sache auch keine allzu große Bedeutung beigemessen.

Auch jetzt mit Lutz und Henry dachte Bettina nur flüchtig an jenes Erlebnis, zeigte allerdings auch wenig Badelust, sondern streckte sich lieber mit ihrem Buch auf den mitgebrachten Decken aus. Die beiden Jungen machten es sich dort ebenfalls nach einer kurzen Schwimmrunde bequem.

Bettina war in ihr Buch vertieft, es war wie in der *Märkischen Aue* wieder eine Erzählung von Christa Wolf. An *diesem* Juninachmittag am *Biesi* aber hatte sie sich in einer anderen Geschichte festgelesen, wobei diese ihr an einer Stelle auch die ihrer Eltern zu sein schien. Bettina war von diesem Gedanken so verwirrt, dass sie nicht gleich mitbekam, dass sich zwischen Lutz und Henry aus einer harmlosen Frotzelei ein heftiges Wortgefecht entwickelt hatte.

Sie hörte gerade, wie Henry Lutz als *Hänfling* bezeichnete und nachschob, dass ihm dies wohl bei seiner Ausmusterung geholfen hätte. Lutz versetzte, dass Henrys drei

Jahre an der Grenze sein Eintrittsbillett fürs *rote Kloster* seien. Dann rannten die beiden um die Wette ans Wasser und bewarfen sich dort mit Sand.

Bettina konnte nicht mehr weiterlesen, sie hatte schon seit einiger Zeit eine gewisse Spannung zwischen Henry und Lutz gespürt, aber eine solche Entladung überraschte sie unangenehm. Umso mehr, als ihr die gesamte Armee-problematik zuwider war. Sie hatte dieses Thema gegen-über den beiden immer gemieden. Sie wusste, dass Lutz wegen seines *Scheuermanns* ausgemustert worden war, und auch, dass sein Vater da etwas nachgeholfen hatte. Ihr war auch schon seit Jahren bekannt, dass Henry drei Jahre zur Armee gehen würde. Schließlich hatte er das oft genug mit dem Brustton der Überzeugung kundgetan. Er musste zu einer solchen Verpflichtung nicht gedrängt werden wie einige Jungen ihrer Klasse, die deswegen Bettinas ganzes Mitgefühl hatten. Sie hatte allerdings nicht geahnt, dass Henry freiwillig an der Grenze dienen würde. Aber hätte sie ihn dann darauf angesprochen? Vermutlich hätte sie sich davor gescheut.

Sie blickte zum Ufer, wo die beiden inzwischen mitei-nander rangen, eigentlich war es mehr eine Rangelei denn ein *Ringkampf*. Es war mehr ein *Spiel*, aber es *schien regel-los und artete aus*. Bettina, die längst nicht mehr in ihrem *Buche las*, wähnte sich plötzlich in einem ganz anderen Buch und sah Bilder eines Films vor sich, dessen Musik sie auf geradezu bestürzende Weise aufgewühlt hatte. Sie beobachtete nun aus der Distanz die beiden Jungen mit gespannter Neugier. Henry, der *Stämmige* und Durchtrai-nierte, war Lutz physisch überlegen, obwohl dieser alles andere als ein *Hänfling* war und ihn an Körperlänge sogar deutlich überragte.

Dann aber löste sich alles in Wohlgefallen auf, die bei-den rappelten sich auf und liefen *umschlungen* ins Wasser hinein. Dort drehten sie sich zu Bettina um und winkten ihr zu, oder waren sie nicht vielmehr *versucht, ihr mit dem Finger zu drohen*?

Bettina war sich dessen nicht sicher, sie, die *ernste Zufallsbeobachterin*, war darüber *aber erheitert und erschüttert zugleich*.

Sie musste an jene Blindschachpartie denken, aber auch an die Schwarztaxifahrt. Und sogar an *Mädchen in Uniform*. Sie war groß im Konstruieren von Dreiecken, groß im Beobachten aus der Ferne, fühlte sich dabei aber nie oder nur selten *beglückt*, viel öfter unbehaglich und war voller Zweifel.

Sie schaute wieder in ihr Buch und las darin *einige Sachen*. Das war es doch, worum sich letztlich bei ihr alles drehte: das Lesen. Und da war noch etwas, was tief in ihr verschüttet lag und doch dann und wann rumorte: die Sehnsucht nach dem eigenen Schreiben. Es wäre für sie das vollkommene Glück, *alles Wunderbare ihres aufgehenden Lebens*. Diese Formulierung hatte sie einmal in derselben Novelle gelesen, die ihr schon in der *Märkischen Aue* in den Sinn gekommen war.

Diese Geschichte wirkte so schlicht und klar, manchmal fast etwas kitschig, und doch brodelte das *Ungesagte* unter ihrer Oberfläche. Es war Bettinas Sehnsuchtsziel, einmal *selbst dergleichen zu machen*.

Dreiecke III

Nach einem intensiv erlebten Schachsommer 1984 musste Bettina am Anfang des neuen Schuljahres den Verlust ihres geliebten Opas in Dresden verkraften. Die ausgefüllten ersten Wochen der 11. Klasse lenkten vom Schmerz ab und nahmen sie vollauf in Anspruch. In dieser Zeit hat sie Henry und Lutz kaum gesehen; Henrys Einberufung rückte näher, und so verabredeten sie sich zu einem Abschiedsspaziergang im Tierpark und machten als Treffpunkt das Eisbärengehege aus. Es war Mitte Oktober, für Bettina die schönste Zeit des Jahres, den Ort hatte sie ausgesucht. Sie war schon lange nicht mehr hier gewesen; als die Schwestern jünger waren, war der Tierpark ein beliebtes Ziel für einen Familienspaziergang von der nahen Mellensee aus. Das verlor sich in den Teenagerjahren, aber bestimmte Rituale haben sich auch während der seltener gewordenen Besuche erhalten. Zu ihnen gehörte die immer gleiche Route: vom Eingang *Bärenschaufenster* kommend, an den Wasserbüffeln vorbei und nach rechts zu den Eisbären, später, auf dem Weg zum *Alfred-Brehm-Haus*, ein Zwischenstopp an jener kleinen Bärenskulptur, die dem Vater als Augenmaß für die Körperlänge seiner Töchter diente, auch dann noch, als beide ihr längst über den Kopf hinausgewachsen waren, und schließlich die Jüngere der Älteren. Bettina schien überhaupt etwas aus der Art geschlagen zu sein; an Körperlänge überragte sie zu ihrem Leidwesen nicht nur sämtliche Familienmitglieder, sondern auch einige ihrer Schach- und Schulfreunde, und auch Henry. Sie redete sich zwar ein, über diesen Dingen zu stehen, aber es wurmte sie im Innern doch, und so hoffte sie, nun endlich ausgewachsen zu sein, um nicht auch Lutz noch zu übertreffen.

Bettina hatte sich extra einen Zeitpuffer eingerichtet, denn sie wollte auf dem Weg zu den Eisbären noch ihr persönliches Ritual vollführen: den Abstecher zum kleinen verwahrlosten Friedhof derer von Treskow. Sie schlug sich also links in die Büsche und ging die wenigen Schritte zu dem verrosteten schiefen Zaun. Durch diesen hindurch spähte sie auf die verfallenen Gräber, denen das bunte Herbstlaub einen morbiden Charme verliehen hatte. Sie versuchte, Teile der kaum noch erkennbaren Inschriften auf den krummen Grabsteinen zu entziffern. Wegen der lichten Bäume hatte sie eine bessere Sicht als sonst zu den Felsen des Eisbärengeheges hinüber, und dort tauchte plötzlich Henry auf, der ebenfalls schon deutlich früher am Treffpunkt erschienen war. Dann erblickte Bettina auch Lutz *und erschrak vor Freude, als sie sie fast gleichzeitig gewahrte.* Bettina dachte gar nicht daran, nun auf den Weg zurück- und den beiden entgegenzugehen. Sie musste an ihr Erlebnis am *Biesi* denken und war geradezu *begierig* darauf, *hier im Dunkeln zu stehen und die im Lichte tanzen zu sehen.*

Aber Lutz und Henry hielten sich diesmal nicht umschlungen, sie winkten oder drohten auch nicht zu Bettina herüber. Allerdings gestikulierten beide ziemlich wild und schienen alles andere als Nettigkeiten auszutauschen. Lutz wandte sich schließlich abrupt ab und lief eiligen Schrittes zurück in Richtung *Bärenschaufenster.* Die verwirrte Bettina wartete ab, bis Lutz vorbei war, trat dann auf den Weg und schlenderte zu Henry. Der ließ sich nichts anmerken, blieb aber wortkarg, sobald Bettina das Gespräch auf Lutz brachte. Sie spazierten zu zweit los, Bettina zeigte Henry den kleinen Bären, und sie schüttelten diesem die vom vielen Gebrauch blitzblanke Pfote. Unbeschwertheit konnte bei Bettina freilich nicht aufkommen angesichts des warum auch immer erfolgten offenen Bruchs zwischen den beiden Freunden. Henry nahm die Sache offensichtlich auch ziemlich mit, und so war ihnen beiden die Tierparklust vergangen. Sie verließen den von Bettina ausgewählten Kindheitsschauplatz am Ausgang nahe dem Schloss Friedrichsfelde und liefen hinüber zur kleinen Dorfkirche. Am Heiligabend war diese immer zum Bersten voll, Bettina begleitete ihre Mutter zur Christvesper und wartete jedes Mal ungeduldig, bis der langhaarige Pfarrer endlich zu reden aufhörte und Kirchenchor sowie Gemeinde mit Singen an der Reihe waren. Bettina mochte die Weihnachtslieder, ganz besonders „Es kommt ein Schiff geladen", und während sie jetzt Henry davon erzählte, wollte sie ihm die geheimnisvoll-mystische Strophe vorsingen, die sie am ergreifendsten fand, wenn das Schiff dank dem *Anker haft' auf Erden* und somit die beiden Welten Himmel und Erde miteinander verknüpft sind, zumindest vorübergehend. Ihre Stimme brach etwas weg, denn sie musste unversehens an ihren Opa denken. Dabei kam ihr das eine Mal in den Sinn, als sie am Heiligabend in der Dresdner Kreuzkirche gewesen waren; den Kreuzchor hatten sich damals selbst ihr Vater und ihre Schwester nicht entgehen lassen wollen. Henry war mit seinen Eltern auch zu Weihnachten nie in der Kirche und konnte diesem Fest ohnehin nicht viel abgewinnen. Hierin stimmte Bettina mit ihm überein. Seit es einmal in der Mellensee beinahe zu einem größeren Unglück gekommen war, konnte sie keine Freude mehr an weihnachtlicher Stimmung verspüren. Der leichtsinnigerweise auf dem Fernseher am Fenster platzierte Adventskranz hatte Feuer gefangen, und dieses hatte gedroht, auf die Gardine überzuspringen, als ihre Mutter beherzt und geistesgegenwärtig zugegriffen hatte und mit dem brennenden Kranz den langen Bücherregalkorridor entlang zum Bad gerannt war, um ihn in die Badewanne zu werfen. Sie hatte sich dabei die Hände arg verbrannt, aber Schlimmeres verhindert. Auf Bettinas Intervention hin wurde seither vor dem Anzünden der Kerzen ein Eimer Wasser neben den Weihnachtsbaum gestellt, aber von einem entspannten Genießen konnte dennoch keine Rede sein. Kulinarisch war der Gänsebraten mit Klößen und Rotkraut zwar ein Hochgenuss, aber erheblich beeinträchtigt wurde dieser durch den Aufwand zuvor und die Angespanntheit der Mutter. Nicht nur deshalb stand bei Bettina der Neujahrskarpfen viel höher im Kurs, auch jetzt schwärmte sie Henry von der Zubereitung und den Beilagen Salzkartoffeln, Rotkraut und Meerrettich vor und erntete dafür prompt Henrys Unverständnis; er musste dreimal nachfragen, ob Bettinas Mutter tatsächlich Rotkohl zum *Karpfen blau* servieren würde. Ja, bestätigte Bettina, ihre Mutter habe dieses Rezept von ihren Schwiegereltern übernommen, und da gehe nichts drüber. Bettina fielen die Spaziergänge mit ihren Großeltern zum Zwinger ein, von der Zwingerbrücke aus hatten sie oft den Karpfen im Zwingergraben zugeschaut. Die konnten bestimmt wegtauchen und wurden viel älter als jene aus dem Wasserbottich im Fischladen in der Passage.

Henry und Bettina standen noch immer an der Friedrichsfelder Kirche, dann gingen sie hinüber zu dem alten, hinter Büschen versteckten Kriegerdenkmal. Sie hatten es vor Jahren während einer ihrer Fahrradstreifzüge durchs *Hans-Loch-Viertel* entdeckt. Damals hatten sie das sehr aufregend gefunden und sich Geschichten dazu ausgedacht. Jetzt aber wurde Bettina beklommen zumute, sie fragte, wann Henry wohl auf Urlaub nach Hause käme. Er wisse es nicht, bekannte dieser gleichmütig, auf jeden Fall würde es mehrere Monate dauern. Bettina nahm ihm daraufhin das Versprechen ab, ihr Briefe zu schreiben. Sie würde das natürlich auch tun; diese Aussicht hob Bettinas Stimmung, sie fühlte sich auf einmal beschwingt, fast etwas übermütig.

Anfang November begann Henrys erstes Armeedienstjahr. Zeitgleich ergab es sich, dass Lutz einen stärkeren Umgang mit Bettina suchte, genauer gesagt, mit ihrer Familie. Begonnen hatte es mit einem Skatabend in der Mellensee.

Auch Bettinas Schwester war anwesend, die erst kürzlich ausgezogen war. Lutz hatte eigentlich auf dem Weg nach Hause in die Weitlingstraße nur schnell bei Bettina vorbeikommen wollen und war dann spontan von ihrer Mutter zum Abendbrot eingeladen worden.

Im unmittelbaren Anschluss daran begann die erste Runde Skat, und Lutz blieb wie selbstverständlich als Zuschauer zugegen. Er fühlte sich dabei sichtlich wohl, schien Bettina und auch ihre Familie auf einmal mit anderen Augen als bisher anzusehen. Seine Ablehnung von Kartenspielen war zwar nicht mehr so vehement, aber er hatte daran keinerlei Interesse und konnte einige auch nur mehr schlecht als recht. In der Mellensee wiederum war Skat das Familienspiel schlechthin, noch weit vor Schach, das nur Bettina und ihr Vater spielten, und auch das schon seit geraumer Zeit nicht mehr, weil von beiden Seiten zu verbissen gekämpft worden war.

Lutz hatte Mühe zu folgen, da er, wenn überhaupt, mit einem französischen und nicht mit einem deutschen Blatt zu spielen gewohnt war. Während er Ober und Unter noch einigermaßen auseinanderhalten konnte, musste er doch beim Mellensee-Skatslang passen. Die Eltern waren schon in ihrer Jugend gemeinsam an Skatrunden beteiligt gewesen, und manch Spitzname hatte die Zeit überdauert. So war auch bei ihren Töchtern von der *Ente* statt vom roten Unter die Rede, vom *Dreckschubert* statt vom schellenen. Der Vater hatte einst als sehr strenger Skatlehrer bei Fehlern so ungehalten reagieren können, dass bei Bettina und ihrer Schwester so manche Träne geflossen war. Inzwischen war es längst ein Gesellschaftsspiel auf Augenhöhe geworden, und die Floskeln, wie „Däuser bauen Häuser", „Sieme, Neune, Unter, nie einer drunter", „Dem Freunde kurz, dem Feinde lang", „Wenzel sticht", „Was der Alte brachte, die Sieme und die Achte", „Hand hat allerhand" und dergleichen, flogen nur so über den Tisch. Mit

Rücksicht auf den Gast wurde allerdings vom *gespaltenen Hintern* gesprochen und nicht wie sonst, wenn dieser Fall eintrat, vom *gespaltenen Deutschland*. Dafür bekam Lutz als Kiebitz einmal sein Fett weg mit dem Schach-Standardspruch „Kiebitz halt die Goschen, sonst wirst du verdroschen". Dabei hatte er lediglich mit der Mutter, als diese mal wieder aussetzte, eine kleine Plauderei begonnen. Die beiden hatten nicht nur Gefallen aneinander gefunden, die Mutter schien Lutz regelrecht in ihr Herz geschlossen zu haben. Das beruhte auf Gegenseitigkeit, denn Lutz kam nun öfter mal vorbei, auch ohne dass Bettina anwesend war. Ihr war das nur recht; sie hatte nichts dagegen, dass Lutz in seiner Einsamkeit offenbar eine Art Familienanschluss gesucht und gefunden hatte, aber ihre Aktivitäten wollte sie deshalb noch lange nicht einschränken.

Lutz' häufige Besuche fanden allerdings nach einigen Wochen ein jähes Ende, als er sämtliche Pläne über den Haufen werfen und nach Dresden ziehen musste. Er würde bei seiner gesundheitlich angeschlagenen Großmutter in Leubnitz-Neuostra wohnen und das Studium an der Technischen Universität Dresden fortsetzen.

Lutz blieb mit Bettina und ihrer Mutter in Kontakt, mit dieser wechselte er eine Zeitlang kürzere Briefe. Mit jener verabredete er sich in Dresden, wo sie ab und an ihre Oma besuchte.

Daheim

Von Henry kamen keine Briefe.

Auch an seine Eltern schrieb er offenbar nur sporadisch knappe Mitteilungen. Bettina hatte wieder einmal zu sehr später Stunde seine Mutter im Treppenhaus angetroffen und sich schon auf neuerliche Vorhaltungen gefasst gemacht. Aber in einem Anflug von früherer Herzlichkeit hatte Henrys Mutter ihren Sohn bei Bettina wegen seiner Schreibfaulheit *verklagt*, dann aber gleich nachgeschoben, wie stolz sie auf Henry sei und wie gut es ihm überdies auch körperlich tun würde, immer an der frischen Luft zu sein. Bettina hatte reflexartig das Gesicht verzogen, weshalb sich Henrys Mutter eines Besseren besonnen und Bettina gefragt hatte, ob sie denn immer noch so viel Schach spiele und nicht *mehr zu tun habe als solche Kindereien*, woraufhin Bettina sich nur wortlos abgewandt hatte. Was jedoch Henrys nicht eingehaltenes Briefversprechen anging, so glaubte sie nicht an Zeitmangel, es war *wohl anders*.

Bettina verschwendete nicht zu viele Gedanken darauf, auch sie selbst hatte nur zwei Briefe an ihn geschrieben und es dann ganz aufgegeben. Sie fand es zwar schade, aber es bedrückte sie nicht weiter. Henry und Lutz waren weit weg, Bettina hatte genug mit sich selbst zu tun.

Als endlich im März 1985 Henrys erster Heimaturlaub anstand, freute sie sich aber doch sehr.

Die meiste Zeit wurde Henry von seiner Familie beansprucht. Bettina und er gingen mal ins *Haus der Jungen Talente* zu einem *Rockhaus*-Konzert, mal ins Kino *Volkshaus*; über Musik und Filme tauschten sie sich auch ausgiebig aus, aber bestimmte Themen mieden sie. Und so *war es, als träte etwas Fremdes zwischen sie.* Als sie eines Nachmittags in Bettinas Zimmer *zusammensaßen* und sie doch den Dienst an der Grenze und ihr Unbehagen daran ansprach, *entstanden Pausen, die beiden peinlich waren.*

Denen suchte sie dann ängstlich zuvorzukommen, machte es dadurch aber nur noch schlimmer. Sie fing, wie in letzter Zeit öfter, wenn sie aufgeregt war, zu stottern an, verhaspelte sich, während sie Dinge vorbrachte, die ihr auf der Seele lagen: die Gängelei in der Schule, die Borniertheit mancher Lehrer. Henry *sah sie staunend an. Er verstand sie nicht. „Du bist so sonderbar*, meine Mutter sagt das übrigens auch. Wir *sprachen gestern Abend noch lange über dich*. Sie meinte, du hättest dich sehr verändert. Letztens habest du sie im Treppenhaus einfach stehengelassen." Aber dann rückte Henry näher an Bettina heran, legte ihr gönnerhaft seine Arme um die Schulter und sagte: „Ich habe dich selbstverständlich *gegen meine Mutter verteidigt*." Henry erzählte ihr, dass er im Dienst viel Leerlauf habe und daher auf *Botanik*, das alte Hobby seines Vaters, verfallen sei, womit er sich in den vergangenen Wochen *angelegentlich beschäftigt* habe. Da mussten sie beide an das große Pflanzenbestimmungsbuch und die *grüne Botanisierkapsel*, die Heiligtümer seines Vaters, denken, und es war für den Moment wieder das Vertraute aus Kindheitstagen zwischen ihnen. Als sich Henry später verabschiedete, unterhielt er sich kurz mit Bettinas Mutter. Diese brachte das Gespräch auf Lutz und zeigte sich sehr überrascht davon, dass Henry noch gar nichts von dessen Umzug nach Dresden wusste.

Am nächsten Tag reiste Henry ab; Bettina begleitete ihn bis zum Betriebsbahnhof Rummelsburg. Es war diesmal kein Abschied auf längere Zeit, denn Henry würde nun öfter auf Kurzurlaub kommen können. Sie erneuerten auch nicht ihr Briefversprechen. Aber es gab etwas anderes, was Bettina fast beschwingt ausschreiten ließ. Sie hatte *ein Geheimnis, ein schönes*. In letzter Zeit nämlich hatte sich der Wunsch nach eigenem Dichten aus der versteckten Ecke ihres Herzens wieder hervorgewagt. Bettina hatte angefangen, Verse zu schmieden und diese in ein Heft einzutragen:

Trotz der Zweifel, was die Qualität anbelangte, erfüllte es sie mit großer innerer Befriedigung, dass sie neben ihren Heften mit abgeschriebenen Dichtungen nun auch ein *Heft mit selbstgeschriebenen Versen besaß.*

Sie hatte bisher noch niemandem davon erzählt, weder Henry noch Lutz noch sonst irgendwem. Es war ihr wichtig, es vorerst vor allem vor Henry geheim zu halten, *obgleich* er gar nicht die *Veranlassung* zu Bettinas *eigenem Schreiben* war. Sie wollte den richtigen Moment abpassen, an dem er *es erfahren* sollte.

Bettina sah fortan in größeren Abständen, aber doch regelmäßig, nicht nur Henry, sondern auch Lutz, und zwar in Dresden, wenn sie dort ihre Oma besuchte.

Die ihr so vertraute, anheimelnde Wohnung in der Erich-Weinert-Straße nahe dem Pirnaischen Platz war ein trauriger und einsamer Ort geworden, und jedes Mal krampfte sich Bettinas Herz zusammen, wenn sie über die Schwelle trat. Besonders weh tat es im Wohnzimmer: *Wenn die Greisin durch die Stube schleift.* Der Schreibtisch in der Ecke am Fenster war verwaist, darauf die *Erika* abgedeckt, das Radio verstummt, der Deutschlandfunk ausgerauscht. Auch der Fernseher wurde nur eingeschaltet, wenn Besuch da war. Noch zu Lebzeiten des Großvaters waren Augen und Ohren der Großmutter immer schwächer geworden, und jetzt hatten diese beiden so wichtigen Sinne sie fast ganz verlassen. Sie war noch mehr gefangen in sich selbst und in ihrer Trauer.

Ganz bei sich war sie in ihrer Küche; dort hielt sich auch Bettina mit ihr am liebsten auf. Es war eine gemütliche Wohnküche mit Blick auf den großen grünen Hof mit einem Wäschetrockenplatz im vorderen Teil und einem kleinen Kinderspielplatz im Hintergrund.

Aus dem Fenster schaute die Großmutter auch immer mal beim Abwasch, beziehungsweise *Aufwasch*, wie alle in Bettinas Familie dazu sagten. Die beiden Becken der Spüle waren höhenversetzt an der Wand angebracht. Das erwies sich als praktisch für die Art, wie die Oma Kartoffeln schälte: Im oberen Becken lagen die Kartoffeln im Wasser und wurden dort geschält, das Wasser dann ins untere Becken abgelassen und die feuchten Schalen aus dem oberen herausgeklaubt. Kartoffeln wurden früher viel geschält, wenn die Enkeltöchter zu Besuch kamen. Kartoffelsuppe nach dem Rezept ihrer *Vatioma*, wie sie die Mutter ihres Vaters von klein auf nannten, war das Dresdner Leibgericht von Bettina und ihrer Schwester gewesen.

Ein solches *Aufwasch*-Ensemble kannte Bettina nur aus der Küche ihrer Oma, und dazu gehörte noch ein weiterer Clou. Es gab nämlich einen alten Spültisch mit zwei Schüsseln zum Herausdrehen. In denen stapelten sich zweckentfremdet leere Brillenetuis, die dazugehörige Brillenbatterie lag obendrauf, sortiert nach einem ausgeklügelten System von Gläserstärke und Gebrauch. Ansonsten diente der Stauraum des Spültischs zum Lagern der Töpfe und Deckel, von der Oma *Stürzen* genannt. Der massive Küchenschrank an der Wand daneben stammte bestimmt aus derselben Möbelreihe. Wenn Bettina früher aus einem oberen Fach etwas herausholen wollte, benötigte sie dazu eine *Hitsche*, eine kleine Fußbank. Vielleicht kam auch der Küchentisch aus jenem Sortiment, es lag immer eine Wachstuchdecke darauf. In dem Schubfach unter der Tischplatte befanden sich neben Notizzetteln, Kugelschreibern und einer Schere auch jede Menge Paketstricke, zu kleinen Knäueln zusammengewickelt. Es war eine Lieblingsbeschäftigung der Oma, Paketknoten aufzuknibbeln. Das geschah wie beim Aufwaschen sehr langsam, oder, wie Bettinas Opa immer sagte: sehr gewissenhaft. Beiden Tätigkeiten haftete in der von ihrer Oma praktizierten Art etwas Meditatives an. Nur wenn es gar nicht mehr anders ging, nahm sie die Schere zur Hand, aber nicht etwa, um den Knoten dann doch durchzuschneiden – schließlich galt: *Knoten schneidet man nicht durch* –, sondern lediglich, um das Aufknibbeln zu unterstützen. Sie war auch hierbei ganz in sich versunken, ganz in ihre Welt zurückgezogen.

Bettina hätte gern gewusst, wie ihre Oma als junge Frau gewesen war. Sie war in Leipzig aufgewachsen und hatte nach einer Ausbildung zur Stenotypistin in einer großen Verlagsbuchhandlung angefangen zu arbeiten, wo sie Bettinas Opa kennengelernt hatte. Auch der war versiert in Stenografie gewesen, er hatte später im Krieg Tagebuch geführt und kleine Hefte mit Bleistift in Steno vollgekritzelt. Diese hatte er sich als Rentner nach Jahrzehnten wieder vorgenommen und auf seiner *Erika* abgetippt.

Der Großvater stammte aus Meerane und hatte dort die Oberrealschule besucht, dank einem Freiplatz und der Fürsprache eines wohlwollenden Lehrers bei seinen Eltern. Weil ihm jedoch nach dem Abschluss mit Bestnoten lediglich ein Volksschullehrerkolleg offen und ihm danach nicht der Sinn gestanden hatte, hatte er eine Buchhändlerlehre absolviert, wobei ihm, wie er später seiner Enkeltochter Bettina erzählen sollte, nicht klar gewesen war, dass das Kaufmännische im Vordergrund stehen würde und nicht seine geliebten Bücher. Zwar hatten die Großeltern schon mit Anfang zwanzig als Paar zusammengefunden, sie hatten aber weiterhin getrennt in ihren jeweiligen Leipziger Welten gelebt, die Oma bei ihren Eltern in der Schenkendorfstraße, der Opa in einem möblierten Zimmer in der Elisenstraße. Erst mitten im Krieg, als die Oma mit Bettinas Vater schwanger gewesen war, hatten sie während eines Fronturlaubs des Opas geheiratet. Bei der schweren Bombardierung Leipzigs Anfang Dezember 1943 war auch das Vorderhaus in der Schenkendorfstraße zerstört worden, wobei der bettlägerige Vater von Bettinas Oma umgekommen war; die Mutter und sie selbst mit ihrem zwei Wochen alten Baby hatten im Luftschutzkeller überlebt. Bettinas Oma war mit ihrem Söhnchen nach Meerane zur

Familie ihres Mannes gezogen, während die alte Mutter bei Verwandten im Thüringischen untergekommen war. Als diese einige Monate später nochmals für einen Tag nach Leipzig zurückgekehrt war, um behördliche Dinge zu regeln, war sie auf dem Hauptbahnhof in jenen zweiten verheerenden Bombenangriff geraten. So hatte Bettinas Oma beide Eltern verloren.

Angesichts dieser schrecklichen Geschichte, die Bettina und ihre Schwester im Laufe der Jahre scheibchenweise erzählt bekommen hatten, war die Hemmschwelle hoch, die Oma auf ihre Leipziger Zeit anzusprechen. Wenn Bettina es doch dann und wann tat, blieb ihre Oma wortkarg und übte sich in extremer Zurücknahme, so, wie Bettina es seit jeher von ihr kannte. Ganz anders ihr Opa, den sie und ihre Schwester vergöttert haben. Bettina hatte ihn über alle möglichen Dinge ausfragen können, er hatte sich immer sichtlich erfreut über ihre Wissbegier gezeigt. Über seine Leipziger Zeit freilich hatte auch er sich bedeckt gehalten, und Bettina konnte es zu ihrem Leidwesen jetzt auch nicht in seinen Tagebüchern nachlesen, da er selbst dort dieses Thema ausgeklammert hat.

Ihre so gewissenhafte Oma war bis zur Selbstaufgabe genügsam, sie war völlig auf ihren Ehemann fixiert. Und das insofern auch über dessen Tod hinaus, als für sie jetzt der tagtägliche Gang zum *Trinitatisfriedhof* fast einem Gottesdienst gleichkam. Wenn Bettina zu Besuch war, begleitete sie ihre Oma dorthin. Die Geschichte der Trinitatiskirche mit ihrem kriegszerstörten Schiff, aber einem imposanten Turm als Orientierungspunkt im Johannstädter Neubaugebiet hatte ihr noch der Opa erzählt. Ihre Oma steuerte immer zielgerichtet das Grab an und ließ sich auch nach dem Gießen und anderen Verrichtungen nicht zu einem Gang über das Friedhofsgelände bewegen. Sie, die noch recht gut zu Fuß war und früher viele der Tagestouren in die Sächsische Schweiz mitgemacht hatte, besuchte jetzt allenfalls ab und an noch ihren geliebten *Rosengarten* auf der gegenüberliegenden Elbseite. Auch die traditionelle jährliche Stippvisite bei der *Königin der Nacht* im Botanischen Garten ließ sie sich nicht nehmen. Die meiste Zeit aber hockte sie verloren in ihrer Wohnung.

Bettina war auf ihren Stadtwanderungen in Berlin gern allein mit sich, und auch in Dresden machte ihr dies nichts aus. Aber dann fand sie doch Gefallen an der Begleitung durch Lutz. Dieser genoss es sehr, dass Bettina ihm Orte zeigte, an denen sie in glücklicheren Tagen oft gemeinsam mit ihren Großeltern und ihrer Schwester gewesen war. Sie rannten zwar nicht, wie die beiden Mädchen damals, um die Wette, aber ein kleiner Wettbewerb war es schon, wer zuerst den Daumenabdruck Augusts des Starken auf dem Geländer der *Brühlschen Terrasse* oder den *Napoleonstein* im Straßenpflaster vor der Hofkirche finden würde. Über die *Dimitroffbrücke* ging es hinüber zur Neustadt, am *Goldenen Reiter* vorbei bis zum *Kügelgenhaus*. Dort machten sie meist wieder kehrt, um nochmals auf der Brücke zu verharren und das Panorama aufzusaugen*, das auch auf den Verwöhntesten noch wirkt*. Und das trotz der Unvollständigkeit, des Ruinösen. Seit Bettina Erich Kästners *Fabian* gelesen hatte, musste sie an den an dieser Stelle ausgesprochenen Satz denken: „Das Panorama glich einem teuren Begräbnis." Wie anders war dieser gemeint, wie fatal hat er sich bewahrheitet, und wie ungewollt zynisch klang er plötzlich. Bettina liebte dieses Buch; sie spürte, dass es Dinge enthielt, die sie noch zutiefst beschäftigen, sie nie loslassen würden. Lutz gegenüber erwähnte sie jetzt nur, dass sie und ihre Schwester nie *auf dem steinernen Brückengeländer balanciert* seien wie jener Junge am Ende des Romans.

Später bummelten sie auf dem Weg zur Ruine der Frauenkirche noch durch den *Fürstenzug*. Bei Friedrich August dem Gerechten erzählte Bettina die Geschichte von seinem zeitweiligen unfreiwilligen Wohnsitz im Schloss Friedrichsfelde, die sie erstmals von ihrer Mutter gehört hatte.

Lutz übernahm das Wort, als sie zu den *Alten* und *Neuen Meistern* gingen. Auch diese Gemäldegalerien waren Kindheitsorte von Bettina; sie überließ sich hier normalerweise der Betrachtung, genoss nun aber Lutz' Erklärungen. Er war ganz in seinem Element, nur als sie ihn nach seinen eigenen Ambitionen fragte, verstummte er. Er kam aber darauf zurück, als sie gemeinsam den *Trinitatisfriedhof* erkundeten, wo sich auch die Gräber von Caspar David Friedrich und Carl Gustav Carus befanden. Lutz verkündete Bettina sozusagen im Beisein dieser Koryphäen etwas missmutig, dass er seine Malerei an den Nagel gehängt habe, seine Versuche seien ja doch nur Kindereien gewesen. Bettina runzelte die Stirn, weil er dasselbe Wort wie Henrys Mutter für ihr Schach verwendet hatte. Um Lutz auf andere Gedanken zu bringen, führte sie ihn zum Grabmal Otto Ludwigs und erzählte ihm, dass es auf der *Bürgerwiese* eine Marmorbüste dieses Dichters gab, die viele Jahre lang durch eine abgebrochene Nase verunstaltet gewesen war, bis ihr Opa eines Tages einen, wie er es nannte, *geharnischten Brief* geschrieben hatte und daraufhin tatsächlich die fehlende Nase ersetzt worden war.

Dresden bedeutete für beide, für Bettina und Lutz, eine heile, helle Kindheitswelt mit engen großelterlichen Bindungen. Für Bettina war Dresden die zweite Heimatstadt, die eigentliche Sehnsuchtsstadt, wo sie sich *daheeme* fühlte. Für Lutz war es die Geburtsstadt, wo er die ersten Lebensjahre verbracht hatte und wohin er nach dem Zusammenbruch seiner Großmutter zurückgekehrt ist. Die alte Frau hatte sich erstaunlich gut erholt, sie war etwas vorzeitig in Rente gegangen. Das Ende des jahrzehntelangen Schuftens in einer Gärtnerei trug jetzt auch zu ihrer psychischen Gesundung bei.

Lutz hatte Bettina von dem schweren Schicksal seiner Oma erzählt. Ihr Mann, also Lutz' Großvater, war nur wenige Monate nach der Geburt ihrer Tochter, der Mutter von Lutz, schwerstverwundet worden. Mit Unterstützung ihres Vaters hatte sich die Großmutter um eine Verlegung nach Dresden bemüht, um ihn in ihrer und ihres Babys Nähe zu haben. Mitte Februar 1945 hatte er in einer dramatischen Aktion aus dem brennenden *Carolahaus* zunächst gerettet werden können, war aber nach einer langen Odyssee im August 1945 im Alter von 29 Jahren in einem Lazarett in Bayreuth verstorben und dort auf einem Soldatenfriedhof beerdigt worden.

Nur drei Jahre später war auch der geliebte Vater der Großmutter gestorben. Lutz' Mutter war also ohne Vater und Großvater aufgewachsen und hatte selbst kein langes Leben gehabt. Bettina ahnte, welch schwere Hypothek all das für Lutz sein musste.

Sie fühlte sich in diesen Dresdner Stunden sehr zu Lutz hingezogen, beide verband eine tiefe Kameradschaft.

Anders, als es seit einiger Zeit Henry gegenüber der Fall war, musste sie vor Lutz keine Hemmungen wegen bestimmter Themen haben; sie diskutierten freimütig und auch mal kontrovers. Lutz teilte zwar nur wenige ihrer literarischen und musikalischen Vorlieben, aber er hatte ein weitgefächertes Interesse an politischen und geschichtlichen Entwicklungen und beeindruckte Bettina sehr mit seinem riesigen Allgemeinwissen.

Weniger über den Dingen stehend wirkte er, als Bettina ihn einmal auf Henry ansprach, da blockte er sofort ab.

Eines Tages gab es eine Situation, in der sie beide nicht sonderlich souverän agierten. Sie hatten sich gerade nach einem Treffen verabschiedet, als Lutz Bettina plötzlich unbeholfen, und dadurch etwas grob, am Ellbogen packte und ihr zu verstehen gab, dass er gern richtig mit ihr zusammen sein wollte. Bettina fühlte sich dadurch so überrumpelt, dass sie nur stottern konnte, dass sie Lutz zwar mochte, aber noch keinen festen Freund haben wollte. Lutz war sichtlich enttäuscht, aber ansonsten änderte sich nichts, und sie setzten ihre Dresdner Unternehmungen wie gehabt fort.

Abends saß Bettina mit ihrer Vatioma am Wohnzimmertisch und quälte sich auf der Suche nach Worten, die ihre so in sich gekehrte, verschlossene Oma vielleicht doch etwas zum Reden bringen könnten. Sie starrte auf den Bücherschrank mit all den geliebten Büchern ihres Opas hinter Glas. Bettina konnte sich nicht erinnern, ihre Oma jemals in einem Buch lesen gesehen zu haben. Jetzt ginge es wegen ihrer Augen gar nicht mehr. Manchmal hatte die Oma eine Flasche Weißwein bereitgestellt, aber eines Tages stand auf dem Tisch etwas anderes, sie machte Bettina ein ganz besonderes Geschenk: die alte *Erika* des Großvaters.

Sie, die Introvertierte mit den schwachen Augen, hat in ihrer Enkeltochter womöglich etwas gesehen, was noch kein anderer erkannt hatte, auch diese selbst nicht: *Ach, vielleicht geschieht's, daß sie begreift.*

Salziger Wein

Mit der *Erika* hatte Bettina ein Instrument in die Hände bekommen, mit dem sie ihren Schreibversuchen einen ernsthaften Anstrich geben konnte. Sobald sie ein Gedicht für gelungen hielt, tippte sie es auf der *Erika* ab, es war dann zwar noch nicht gedruckt, wirkte aber doch ein wenig so als ob. Für Bettina jedenfalls erhielt es dadurch etwas Gültiges, Druckreifes.

Das Lesen freilich dominierte auch weiterhin das eigene Schreiben. Und dafür war nach wie vor die Stadtbibliothek in der Breiten Straße ihr liebstes Refugium.

Sie fühlte sich immer stärker zu Gedichten hingezogen, kaufte sich mitunter einige schmale Bände mit DDR-Lyrik und trug ständig Ausgaben von *Poesiealbum* und *Temperamente* mit sich herum. Aber auch die Texte einiger Liedermacher und Bands hatten es Bettina angetan, die Songs bildeten gewissermaßen den *Soundtrack*, wenn sie in der Stadt unterwegs war. Und sie war viel unterwegs, oft noch spätabends wegen ihrer Schachwettkämpfe mit anschließendem Palaver über Gott und die Welt.

Fürs Lesen zog sie S- und U-Bahn vor, auch in der Straßenbahn ging es ganz gut, im Bus aber überhaupt nicht. Darum nervte sie Schienenersatzverkehr, während der nachts fast schon normale Pendelverkehr ihr nur wenig ausmachte. Man verlor dabei zwar viel Zeit und stand ewig auf zugigen Bahnsteigen herum, aber auch dort ließ es sich gut lesen.

Das große Korridorbücherregal in der Mellensee erwies sich als Fundgrube für Gedichtbände und Anthologien vieler Epochen und Bewegungen. Geradezu elektrisiert hatte sie vor Jahren ein schwarzer Reclamband mit dem Titel *Menschheitsdämmerung*.

Bettina durchforstete nach und nach die gesamte Bücherwand, zahlreiche Bücher ihres Vaters blieben für sie zwar unerreichbar, da sie sich in seinem Arbeitszimmer befanden. Aber zu Gedichten gab der Vater ihr neuerdings ab und an Hinweise, die Bettina begierig aufsog und wodurch sie sich ihm nahe fühlen konnte, meinte sie doch, dass auch ihr Vater in jungen Jahren vielleicht eine ähnliche Lyrik-Phase durchlebt hatte wie sie jetzt. Sie fragte ihn nicht direkt danach, da er wegen seiner Arbeit ohnehin kaum ansprechbar war, aber sie spürte es, wenn er ihr mal ein Büchlein in die Hand drückte, so wie das von August von Platen, oder wenn er sich sogar die Zeit nahm, Verse laut vorzulesen, so wie das Abschiedsgedicht von Sergej Jessenin und Wladimir Majakowskis Antwortgedicht darauf. Der Zusatz ihres Vaters, dass auch Majakowski Jahre später freiwillig aus dem Leben gegangen ist, hatte Bettina aufgewühlt.

Sie hatte erst kürzlich sein Stück „Schwitzbad" im *Deutschen Theater* gesehen und sich danach den Reclamband dazu gekauft, auch dieser gehörte nun zu ihren ständigen Begleitern durchs nächtliche Berlin. Ähnlich verhielt es sich mit Bulgakows „Der Meister und Margarita", sie hatte sich die Bühnenfassung in der *Volksbühne* gemeinsam mit Henry angeschaut. Aber erst die *TdW*-Ausgabe und das von Ralf Schröder verfasste Nachwort hatten den Funken vom Roman auf Bettina überspringen lassen. Sie hat seither immer mal über den Anspruch nachdenken müssen, nicht nur grandiose Literatur zu verfassen, sondern auch auf diese Weise darüber schreiben zu können.

Bettina genoss die wenigen, aber intensiven Theaterbesuche mit Henry sehr; die Vorschläge kamen von ihr, und sie besorgte auch die Karten. Einmal konnte sie ihm eine besondere Freude machen: Für den Heinrich-Heine-Fan war Eberhard Esches *Wintermärchen*-Interpretation im *DT* ein Ohrenschmaus.

Verstörend für beide, und dennoch von der Atmosphäre faszinierend, war ein *Antikefest* in der *Volksbühne*.

Eine Schauspieltruppe vom *Landestheater Schwerin* zeigte mehrere Stücke, unter anderem die *Troerinnen* des Euripides. Der nahezu ununterbrochene Klagegesang war in seiner Intensität nur schwer zu ertragen. In den Pausen gab es auf dem Vorplatz frische Brötchen und Suppe aus der Gulaschkanone, die Leute unterhielten sich angeregt und verteilten sich auf dem Rosa-Luxemburg-Platz. Bettina schaute in Richtung der Leuchtreklame vom Kino *Babylon* und kniff die Augen zusammen, sie stellte sich die Menschen in Umhänge gehüllt vor, die über die *Agora* schlendern und sich mit denen mischen, die gerade aus dem Untergrund des U-Bahnhofs emporsteigen. Bettina erzählte Henry davon, hätte gern das Bild mit ihm zusammen weiter ausgeschmückt, doch der hatte keinen Sinn dafür. Da kehrte auch Bettina in die Gegenwart zurück, und das hieß in eine gewisse nervöse Stimmung. Denn so gern sie solche Abende mit Henry verbrachte, wegen einer Sache war sie ständig beunruhigt. Henry, der eigentlich auch während seiner Kurzurlaube Uniform zu tragen hatte, hielt sich nicht daran und ging jedes Mal in Zivilkleidung mit. Bei einer etwaigen Kontrolle hätte er seinen Wehrdienstausweis vorzeigen müssen und sich höchstwahrscheinlich großen Ärger eingehandelt. Er machte sich sogar über Bettinas Besorgtheit lustig, die sie im Übrigen mit seiner Mutter teilte. Auch Bettina war das Paradoxe an der Situation bewusst: Sie, die sich nirgendwo unterordnen wollte, sich nonkonformistisch gab und sich darauf auch nicht wenig einbildete, verließ hier der Mut, und verzagt befürwortete sie gerade das, was ihr zum Symbolwort alles Nervenden und Gängelnden geworden war: die *Uniform*. Er hingegen, der Pflichtbewusste, der sich aus innerer Überzeugung dem Partei- und Armeereglement fügte und seine Uniform aus freien Stücken anderthalb Jahre länger zu tragen bereit war, zeigte sich an dieser Stelle widerspenstig.

Sie wurden zum Glück nie kontrolliert, und waren sie der S-Bahn am Betriebsbahnhof Rummelsburg entstiegen, fiel die Nervosität von Bettina ab, denn dann lag nur noch der etwas mehr als ein Kilometer lange einsame Heimweg vor ihnen. Der erste Teil des Wegs war wenig beleuchtet und daher ständiger Anlass zur Sorge für Bettinas Mutter, wenn sie die Tochter üblicherweise allein unterwegs wusste. Dabei war es egal, welche der beiden Möglichkeiten man wählte: ob man also die große Brachfläche linker Hand ließ und am Bahndamm und dem inoffiziell genutzten Schulsportplatz entlanglief oder ob man besagte Brache rechter Hand ließ und am ehemaligen Schulgarten und schließlich an der *Wolodja-Dubinin-Oberschule* vorbeikam. Dann erst spendeten mehr Laternen Licht, und dann war auch die Mellensee schon fast erreicht, wobei ihr Wohnblock zur Straße zu der vierte und letzte war.

Ihre Gespräche auf dem nächtlichen Weg zu Fuß waren unbeschwert und manchmal sehr persönlich, wobei Henry in Abwehrhaltung ging, als Bettina einmal die Rede auf Lutz brachte, ähnlich, wie dieser es seinerseits in Dresden getan hatte.

Bettina bedauerte es sehr, dass Henry und Lutz untereinander keinen Kontakt mehr hatten. Sie fühlte sich mit ihnen gleichermaßen freundschaftlich verbunden, und ihrer Vorstellung nach sollte das auch zwischen den beiden so sein, vielleicht sogar ein bisschen mehr. – –

Als Henry wieder einmal auf Kurzurlaub da war, überredete sie ihn, mit zu einer Lesung in der *Berliner Stadtbibliothek* zu kommen. Heinz Kahlau würde dort aus seinem „Lob des Sisyphus" lesen. Das war einer jener schmalen Gedichtbände, die Bettina ständig mit sich herumtrug. Über das Titelgedicht in Verbindung mit dem Umschlagbild nach Wolfgang Mattheuers Gemälde „Die Flucht des Sisyphus" zermarterte sie sich den Kopf, es blieb ihr rätselhaft und war vielleicht gerade deshalb von

Sogwirkung auf sie. Der große Veranstaltungssaal der Bibliothek war bis auf den letzten Platz gefüllt; es gab viele Fragen und eine anregende Diskussion. Bettina und Henry waren sehr beeindruckt; sie unterhielten sich auf dem Heimweg noch ausgiebig über einzelne Gedichte aus dem Band. Vom Betriebsbahnhof Rummelsburg aus liefen sie diesmal am Bahndamm entlang und kamen so an einigen Kleingärten vorbei, den Überbleibseln der einst riesigen Siedlung, die dann dem *Hans-Loch-Viertel* hatte weichen müssen.

Im Funzellicht einer Laterne las Bettina Henry zwei Verse aus Kahlaus Gedicht „An Kleinbürgergräbern" vor: *Ihre Kraft zu vergeuden für einen Broterwerb. / Ihre Zeit zu vergeuden für einen Schrebergarten.*

Die Stellung und Wiederholung des Verbs *Vergeuden* ließen sie an das *Werden* im *Sisyphus*-Gedicht denken: *Das Haar muß geschnitten werden. / Die Teller müssen gespült werden.*

Plötzlich durchzuckte sie der Gedanke vom *Sisyphus als Kleinbürger*. So konnte es zwar nicht gemeint sein, dafür war die Aussage des Kleinbürgergedichts viel zu negativ, aber nimmt man das zweite Gedicht hinzu, widersprach sich Kahlau doch eigentlich selbst. Bettina jedenfalls glaubte endlich den Schlüssel für das Sisyphus-Gedicht gefunden zu haben. Sie wünschte sich zurück in die Lesung in der Stadtbibliothek; sie hätte Heinz Kahlau jetzt gern direkt darauf angesprochen, aber hätte sie sich ihm verständlich machen können?

Henry zumindest verstand Bettina nicht, oder doch nur in einer Hinsicht: in der ihnen gemeinsamen Ablehnung von allem Spießigen und Miefigen. Darunter zählte für beide auch das *weite Feld* von Ehe und Familie. Woher Henrys Vorbehalte rührten, wusste Bettina nicht, sie konnte nur vermuten, dass das Datschenleben und sicher auch die unterschiedliche Mentalität seiner Eltern eine Rolle spielten.

Ihre eigene Sicht auf diese Dinge hatte Bettina aus der Literatur gewonnen. Aber sie kannte es auch nicht anders von ihrem Vater, der bei passenden wie unpassenden Gelegenheiten über die Institution Ehe entweder lästerte oder sich voller Bitterkeit dazu äußerte, nicht selten unterlegt mit literarischen Zitaten. Bettina wusste, dass ihre Mutter in solchen Momenten litt, auch wenn sie gute Miene zu machen suchte.

Bettina hatte sich einmal aus einem Roman herausgeschrieben, dass „der einzige Reiz der Ehe ist, daß sie ein Leben der Täuschung für beide Teile absolut notwendig macht". Die Figur in dem Roman hieß *Lord Henry*, aber auch *ihr* Henry hätte dies wohl so sagen können, oder ihr Vater – oder auch: sie selber. Und das natürlich im Grunde, ohne irgendetwas davon zu verstehen.

Ihr kamen ihre Großeltern in Dresden in den Sinn, von deren Ehe sie nichts wusste, und auch nichts vom Familienleben mit ihrem Vater als kleinem Jungen.

Für Bettina stand seit langem fest, dass sie später Kinder haben, aber nie heiraten würde.

Inzwischen waren die beiden an ihrem alten Fischkutter angelangt. Sie hatten diesmal den Bahndamm nicht vorzeitig verlassen, um durch die Höfe zu ihrem Wohnblock zu gehen, sondern waren erst am Rodelberg abgebogen.

Jetzt stellte sich Henry wieder ans Steuerrad, und Bettina hockte sich in das Boot und ließ *ihre Hand auf dem Rande des Kahnes ruhen*. In der anderen hielt sie den Gedichtband, es war inzwischen viel zu dunkel, um lesen zu können, aber die Konturen des flüchtenden Sisyphus waren noch erkennbar. Henry sah an ihr *vorbei in die Ferne* und drehte schweigend das quietschende Rad. Wohin mochte er gerade unterwegs sein, verließ er die Mellensee in Richtung Eriesee oder auch Schwarzes Meer, um ins *Taurerland* zu gelangen? Und sie, Bettina, wonach verzehrte sie sich? Sie spürte auf einmal Heimweh: nach Dresden, nach Kindheit, obwohl sie doch selbst vor kurzem noch ein Kind gewesen war. Aber es *heimelte* sie auch hier mit Henry in der Mellensee *an*, und auf einmal überkam sie wieder die Sehnsucht, die wohl doch ihre stärkste war, auch wenn sie sich immer mal in ihr versteckte: die Sehnsucht nach dem Schreiben. Bettina hielt plötzlich den Zeitpunkt für gekommen, Henry ihr Geheimnis anzuvertrauen.

Sie druckste erst ein wenig herum, kam dann aber doch in einen Erzählfluss, breitete vor Henry ihr Innerstes aus, sprach von Dresden und ihren Großeltern, und schließlich sagte sie ein Gedicht auf, das sie nach einem der Besuche bei ihrer Vatioma geschrieben hatte und auf dessen letzten Vers sie unglaublich stolz gewesen war:

Salziger Wein

Opa würde jetzt sagen:
Trink dein Glas aus,
Du bekommst noch ein neues.
Ich schlucke den salzigen Wein.

Erwartungsvoll schaute Bettina Henry an. Der schien nicht recht zu wissen, was er dazu sagen sollte, und fragte dann dreimal nach, ob das wirklich ein richtiges Gedicht sei und was denn die letzte Zeile zu bedeuten hätte, es gäbe doch gar keinen salzigen Wein.

Bettina war wie vor den Kopf gestoßen. Das erklärte sich doch von selbst. Tränen der Trauer hatten den Wein versalzen und zudem einen Kloß im Hals verursacht, ein Trinken im Sinne von Genießen war unmöglich geworden, Tränen und Wein konnten nur noch hinuntergeschluckt werden.

Der Zauber war verflogen, Bettina wollte nur noch nach Hause, zum langen Bücherregal im Korridor. Dort musste sie nicht lange nach den Versen von Heinrich Heine suchen, an die sie nach Henrys Reaktion auf ihr Gedicht sofort voller Sarkasmus gedacht hatte:

> *Und wenn du schiltst und wenn du tobst,*
> *Ich werd es geduldig leiden;*
> *Doch wenn du meine Verse nicht lobst,*
> *Laß ich mich von dir scheiden.*

Da stand das Kind am Wege

Die Enttäuschung über Henrys Unverständnis saß tief.

Bettina blätterte traurig ihr Heft durch. *Was hatte sie sich da eigentlich eingebildet?* Von jeder Seite schienen ihr ihre eigenen Verse zuzurufen: *Geh! Du taugst nichts.*

Auf der *Erika* hatte sie schon lange kein Gedicht mehr abgetippt. Das letzte stammte aus ihrem Schulhefter für den Deutschunterricht. Sie hatten als Hausaufgabe einen Herbsttext zu schreiben, ausdrücklich waren sie von der Lehrerin ermuntert worden, sich ruhig auch an einem Gedicht zu versuchen. Bettina hatte über die Mellensee geschrieben. Ihr Gedicht hieß „Meine Straße", und seine letzte Strophe lautete:

In meiner Straße gibt es Katzen.
Nachts kriechen sie unter die Autos,
Denn dort ist es warm.
Man fand schon viele überrollte Katzen.

Jetzt fragte sie sich, wie Henry, ob denn das überhaupt ein richtiges Gedicht sei. Wie schon beim „Salzigen Wein" hatte sie sich auch hier auf den Schlussvers einiges eingebildet. Nun beschlichen sie Zweifel. Er reichte zwar, um ihre gutmütige Deutschlehrerin zu verstören, aber taugte er darüber hinaus?

Bettina wusste, welche Art von Gedichten taugte, sie hatte eine besondere Vorliebe für expressionistische und DDR-Lyrik entwickelt. Mitunter entdeckte sie hier Parallelen, so korrespondierte doch Ernst Blass' *Die Straßen komme ich entlang geweht* mit dem, was Adolf Endler seinen *Jessenin 1923* ausrufen lässt: *Herbstdünste? Kneipendunst? Und der im Russenrock / Bin immer ich? Den Boulevard schwank ich entlang.*

Was, wenn genau das ihr Ding wäre: solche Dinge eben herauszufinden? Die von Selbstzweifeln geplagte Bettina sagte sich immer öfter, ihr eigenes Dichten *tauge nichts*, aber gleichzeitig verfestigte sich in ihr der Gedanke, tiefer in die Materie eindringen zu wollen. Sie hatte sich um einen Studienplatz für Diplom-Germanistik beworben, denn es war ihr Wunsch, die deutsche Literatur zu ergründen und dabei das machen zu können, was sie ohnehin von klein auf schon betrieben hatte: besessenes Lesen. Einen solchen Studienplatz zu ergattern, war angesichts eines strengen Numerus clausus äußerst schwierig. Wenn man überhaupt eine Chance haben wollte, es gleich beim ersten Anlauf zu schaffen, musste zumindest der Notendurchschnitt stimmen. Bettina konnte sich kein anderes Studium für sich vorstellen und ließ sich daher in der Schule nicht hängen, so verleidet ihr der ganze Schulbetrieb war. Sie war kein *Hanno Buddenbrook*, sie erledigte zwar nach wie vor viele Dinge nur mit halber Kraft, konnte aber die Zügel immer wieder anziehen, wenn es mal in einem Fach eng wurde. Die Bredouille, in die sie hauptsächlich geriet, war eine zeitliche. Es verging kaum ein Wochenende, an dem keine Schachwettkämpfe stattfanden. Hatte ihr Verein Heimspiel, ließ sich das mit dem langen Schulsonnabend verbinden, so ausgelaugt sie anschließend auch war. Die größere Schwierigkeit aber waren die Auswärtskämpfe. Da sie nicht immer eine Freistellung vom Unterricht bekam, musste sie wohl oder übel ab und zu schwänzen, und das war jedes Mal ein Nervenkitzel, den Bettina überhaupt nicht gebrauchen konnte. Einmal lief ihr tatsächlich am Bahnhof ein Mitschüler aus einer Parallelklasse über den Weg. Aber es stellte sich heraus, dass dieser seinerseits Bettina um Verschwiegenheit bat, weil er sich einen freien Sonnabend genehmigt hatte, um seine Freundin in Eisenach zu besuchen, also am anderen Ende der Republik, wie er sagte. Bettina stimmte diese unterschiedliche Prioritätensetzung beim Eingehen von Risiken nachdenklich. Bei ihr war es das Schachspiel, dem sie sich immer mehr verschrieben hatte. Für ein menschliches Wesen, so gestand sie sich ehrlich ein, hatte sie bislang keine vergleichbare Passion entwickelt. Sie musste an Lutz' Ellbogen-Aktion denken, etwas Ähnliches hatte sie kürzlich auch mit Henry erlebt. Er hatte wieder einmal Ausgang gehabt, und als sie sich in einem S-Bahn-Abteil gegenübergesessen und ihre Knie sich berührt hatten, hatte er sich unvermittelt vorgebeugt und Bettina länger auf den Mund geküsst, seine Lippen waren dabei halbgeöffnet gewesen. Die völlig perplexe Bettina hatte sich nicht dagegen gewehrt, den Kuss aber auch nicht erwidert, sondern ihn einfach geschehen lassen. Und dann hatte sie, so wie bei Lutz in Dresden, mit stockenden Erklärungen angefangen, wie sehr sie Henry als guten Kumpel möge, aber eben noch keinen festen Freund haben wolle. Henry hatte auf eine für sie recht befremdliche Art reagiert. Er war abrupt aufgestanden und hatte die S-Bahn verlassen, die gerade an irgendeiner Station zum Halten gekommen war. Bettina war die ganze Situation überaus peinlich gewesen. Dem Kuss selbst hatte sie relativ wenig Bedeutung beigemessen, er war ihr auch von Henrys Seite aus eher halbherzig vorgekommen. Ihre Gefühle jedenfalls waren dadurch, wie auch schon bei Lutz, nicht in Verwirrung geraten. Ihre Hauptsorge war gewesen, Henry nun womöglich als guten Freund zu verlieren, weil sie ihn als *fremden Freund* zurückgewiesen hatte. Zu ihrer Erleichterung hatte sich Henry bei seinem nächsten Ausgang wieder mit ihr verabredet. Es war alles wie sonst, beide haben allerdings nie wieder ein Wort über jenen Kuss verloren.

Auch Lutz traf sie weiterhin ab und an in Dresden, neuerdings am Rande von Schachwettkämpfen. Ganz in der Nähe des *Trinitatisfriedhofs* gab es ein altes Postgebäude, in dem der Schachverein *Post Dresden* seine Heimspiele austrug.

Selbst Schach war hier, wie Dresden überhaupt, für Bettina mit dem Taghellen verknüpft, während es in Berlin zur Dämmerungs- und Nachtseite gehörte.

Wochentags spielte sich das Vereinsleben nach Feierabend im *Kneipendunst* ab. Im Hinterland der Kneipe, etwa in jenem *Rotationsspiellokal* in der Kastanienallee, wurden nicht nur endlos Blitzpartien, sondern auch freie oder Turnierpartien ausgetragen. Es gab Vorträge am Demonstrationsbrett sowie Analysen von Hänge- und Fernschachpartien.

Vorn konnte es auch den *Stammtisch* mit *Donnerstagsskat* geben, vor allem aber jede Menge Kneipenphilosophie, getränkt in reichlich Alkohol.

Bettina gewöhnte sich das Biertrinken an, sie trank vergleichsweise wenig, vertrug auch gar nicht viel, sie musste jedoch erst die Erfahrung machen, nicht durcheinander zu trinken und von spendierten ‚harten Sachen‘ die Finger zu lassen. Bettina lief zwar nicht direkt Gefahr, regelrecht zu versacken, war aber doch manches Mal nicht weit davon entfernt.

Eines Nachts stand sie vor der Wohnungstür in der Mellensee und war nicht mehr in der Lage, den Schlüssel ins Schloss zu stecken. Nachdem sie es eine ganze Weile vergebens versucht hatte, wurde plötzlich die Tür von innen geöffnet, und ihre Mutter nahm ihr *Schlüsselkind* in Empfang. Bettina hatte sich auch noch übergeben müssen und war am nächsten Morgen voller Schuldbewusstsein. Ihre Mutter sagte kein Wort des Vorwurfs, sondern erwähnte lediglich gerührt die Frage, die ihr Bettina nachts wiederholt gestellt habe: „Hast du mich trotzdem noch lieb?"

In der Mellensee war Bettina im Grunde meist nur noch zum Schlafen und Essen. Ihre Eltern, die ihre eigenen Sorgen hatten, wollte Bettina nicht mit ihren Problemen belasten. Hätte es etwas Gravierendes gegeben, hätte sie immer auf die Unterstützung ihrer Mutter und ihres Vaters zählen können, das wusste sie. Aber so etwas gab es nicht, Bettina funktionierte im Großen und Ganzen in der Alltagswelt, über die Zugabe der schachlichen Erfolge freuten sich die Eltern und machten sich durchaus Gedanken angesichts der Überlastung ihrer Tochter. Sie teilten die Frustration über die Borniertheit der DDR-Sportpolitik, wodurch die Teilnahme an Schacholympiaden sowie Weltmeisterschaften untersagt und das höchste zu erreichende Ziel der Gewinn der deshalb immerhin sehr stark besetzten DDR-Einzelmeisterschaften war. Was die Eltern aber nicht ahnen konnten, war, wie sehr Bettina inzwischen in einer Art Parallelwelt lebte, zu der weder ihre Mutter noch ihr Vater Zugang gefunden hätten.

Eigentlich bestand diese Welt für Bettina aus zwei Teilen, die sich freilich hier und da überlappen konnten.

Da war einerseits das gesellige, aufregende Miteinander mit Gleichaltrigen oder nur wenige Jahre Älteren auf auswärtigen Turnieren. Die Bremsklötze sportpolitischer Betonköpfe hatten vor allem bewirkt, dass man sich bestimmter schieflaufender Dinge frühzeitig bewusst geworden war, aber den Spaß an der Sache Schach ließ man sich deshalb nicht nehmen, und vor allem: Die Sache an sich ging weit darüber hinaus. Zum mitunter wahrscheinlich etwas leichtsinnigen offenen Meinungsaustausch zählte das Erzählen politischer Witze ebenso wie das ein oder andere Ausloten von Grenzen, ein bisschen Unangepasstheit, im Grunde genommen so, wie Bettina es auch in ihrer Oberschulzeit handhabe: Nonkonformismus, aber keine Rebellion. Abgesehen davon, dass sie sich Letzteres gar nicht getraut hätte, entsprach es auch nicht ihrem Grundverständnis von der Gesellschaft, das bei aller Kritik ja durchaus ein Grundeinverständnis war. Das ließ sich auch an der von ihr bevorzugten Musik ablesen. Einigen Schachfreunden aus dieser Turnierwelt verdankte sie Anregungen zu bestimmten Liedermachern und DDR-Bands, deren Platten sie sich ausborgte oder kaufte und für die sie sich extra einen eigenen Schallplattenspieler zugelegt hatte. Im alten Dreiergespann Bettina-Henry-Lutz hatte es sich in dieser Hinsicht bei den beiden Jungs eher um freundliches Interesse gehandelt, bei Bettina aber um permanentes Hören und Zitieren von Songtextstellen. Mit Henry war sie im Februar 1986 auf einem seiner Ausgänge wieder im Foyer des *Palasts der Republik* beim *Festival des politischen Liedes* gewesen. Diesmal hatte insbesondere ein Folkrock-Duo namens *Pension Volkmann* bei Bettina Saiten zum Klingen gebracht.

Andererseits war da die Berliner Schach-Kneipenszene, besonders urig in der Kastanienallee.

Man konnte dort skurrile Gestalten erleben, nicht selten ,verkrachte Existenzen' und ,verkannte Künstler'. Eine auch anderswo um sich greifende Null-Bock-Stimmung war bei einigen Leuten spürbar. Bettina fand das zwar durchaus spannend und ließ sich bis zu einem gewissen Grad, das Sammeln von Erfahrungen mit alkoholischen Getränken eingeschlossen, auf diesen subversiven Zauber ein, konnte im Grunde aber mit einer reinen Anti-Haltung nicht viel anfangen. Sie sah sich wieder einmal eher in einer Beobachterrolle, betrieb sozusagen Milieustudien. Es gab zu einem nicht geringen Anteil Spielertypen, die sich gleichermaßen dem Schach und dem Suff ergeben hatten. Faszinierend, aber auch irgendwie traurig-absurd fand Bettina einzelne Enthusiasten, die sich voll und ganz dem Spiel verschrieben hatten, sich tagtäglich stundenlang mit seiner Ergründung befassten, ohne dass sich dies in der Spielstärke bemerkbar machte.

Die Mehrheit aber bestand aus ganz normalen Leuten, für die Schach lediglich eine Freizeitbeschäftigung war. Diese prägten auch das Bild von Bettinas eigenem Verein *AdW* in der Bernhard-Lichtenberg-Straße, wobei dort die schachlichen Ambitionen größer waren, immerhin war der Klub in den beiden höchsten DDR-Ligen vertreten, und auch Bettina kam dort regelmäßig zum Einsatz. Bei Vereinsblitzturnieren ging es ehrgeizig, aber gesellig zu, da kamen auch lockere Sprüche nicht zu kurz, und es konnte schon mal die ein oder andere bissige Bemerkung fallen. Das, was Bettina und einigen Jungen aus ihrer Jugendmannschaft ein tieferes Verständnis für dieses Spiel vermittelt hat, war ein intensives mehrstündiges wöchentliches Abendtraining, angeleitet von einem *AdW*-Meisterspieler. Die Hürden der Sportpolitik traten in den Hintergrund, es zählte nur noch das Schach an sich, und Bettina bekam ein Gespür dafür, dass das mehr war als purer Wettkampf: Das war Kunst, allerdings im wahrsten Sinne des Wortes *brotlose Kunst*.

Bettinas Enthusiasmus sollte nicht der jener Kneipen-Enthusiasten werden, sie wollte sich ein Hintertürchen offenhalten. Schließlich hatte sie ihr großes außerschachliches Ziel: den Studienplatz für Diplom-Germanistik. Was sie nicht hatte, war ein Plan B, auch wenn sie kaum damit hatte rechnen können, zu ihrem Wunschstudium beim ersten Anlauf zugelassen zu werden. Als dann genau dies, entgegen allen Unkenrufen der Lehrer und Bedenken ihrer Eltern, tatsächlich passierte, kannte Bettinas Euphorie keine Grenzen. Dass die Zulassung für die Leipziger Karl-Marx-Universität galt, störte sie nicht. Im Gegenteil, sie fand den Gedanken reizvoll, dass ihre beiden bisher wichtigsten Städte, ihre Heimatstadt Berlin und ihre Sehnsuchtsstadt Dresden, nun mit ihrer Studienstadt Leipzig zu einem *Städtedreieck* komplettiert werden würden.

Bestätigt und zugleich noch höher geschraubt wurden Bettinas Erwartungen während einer Informationsveranstaltung für die angehenden Germanistikstudenten im Studentenwohnheim in der Straße des 18. Oktober, in das sie im Herbst einziehen würden. Alles, wohin sie geführt wurden, löste bei Bettina eine große Vorfreude aus: Uni-

Riese, Vorlesungs- und Seminargebäude, Mensa. Der Höhepunkt aber war die Stippvisite in der *DB*, der *Deutschen Bücherei*, die Bettina sogleich ins Herz schloss.

Noch war sie aber mitten im Frühjahr 1986, das Abitur musste geschafft werden. Wieder war es so, dass es nach den schriftlichen Prüfungen einigen Freiraum gab, und Bettina nutzte diesen vorrangig zum Schachspielen und Lesen. Von der Leipziger Sektion Germanistik hatten die Studenten des künftigen ersten Studienjahres vorab eine ellenlange Leseliste zur Literatur des 18. Jahrhunderts erhalten, und Bettina stürzte sich nun in ihrer Stadtbibliothek auf „Wilhelm Meisters Lehrjahre" und begeisterte sich an der darin enthaltenen *Hamlet*-Deutung, wie anders doch hier der Zugang zu diesem Schulstoff war. Als erfrischende Lektüre voller Witz erwiesen sich mehrere Texte von Christoph Martin Wieland. Neben diesem eher systematischen Lesen blieb Bettina aber auch ihren querbeet aufgesogenen Gedichten treu.

Seit einiger Zeit fuhr sie nach ihren langen Schachsitzungen nicht mehr jedes Mal in die Mellensee, sondern übernachtete bei ihrer schwangeren Schwester. Deren Einzimmerwohnung mit Innentoilette befand sich in einem Seitenflügel an der *Dimitroffstraße*, ganz in der Nähe von Bettinas *AdW*-Klub und nur drei Straßenbahnhaltestellen von ihrer Schule entfernt. Je näher die Entbindung rückte, desto häufiger nächtigte Bettina dort, um im Falle des Falles zur Stelle zu sein, also zur Telefonzelle eilen zu können. Ihr Schwager war in seinem dritten Armeedienstjahr, die beiden hatten kürzlich noch schnell geheiratet. Bettina mochte ihren Schwager sehr, und ihr gefiel das traute Miteinander dieser kleinen Familie. Stieß Bettina auch allerorten Spießigkeit ab und war ihr auch die Institution Ehe dafür geradezu ein Sinnbild: Hier wollte sie Harmonie um sich haben. Wenn ihr Schwager von sich sagte, Familie sei sein großes, eigentlich sein einziges Hobby, dann war sie darüber in erster Linie erfreut und erst in zweiter auch etwas verwundert.

Die Geburt ihrer Nichte ließ selbst *Tschernobyl* etwas weniger apokalyptisch erscheinen, und das 1986er *Kometenfieber* kommentierte sie für sich sarkastisch mit *Weltende* und *Umbra vitae*. Dass sie mehr Morgen- als Abenddämmerung zu sehen geneigt war, hing mit der Aufbruchstimmung des *Neuen Denkens* zusammen, das Bettina seit Monaten in seinen Bann zog. Sie begegnete ihm in Kinofilmen, auf dem Theater, in der Literatur und deutete es sogar in abwegige Kontexte hinein, so in die Weltmeisterschaftspartien zwischen Karpow und Kasparow. Nur in der Schule musste sie sich in Vorsicht üben. Ungern dachte sie an einen FDJ-Nachmittag vor einigen Wochen zurück, den sie mit ihrem Banknachbarn vorzubereiten hatte. Sie hatten die gesamten vier Oberschuljahre nebeneinander gesessen und sich auf Anhieb gut verstanden. Da jeder *gesellschaftliche Arbeit* leisten sollte und sie auf diese Weise die Zugehörigkeit zur *FDJ-Leitung* ihrer Klasse vermeiden konnten, hatten sie beide kurzerhand den sogenannten *Agitatorenstab* gebildet. Das hieß, anfangs wöchentlich, dann in größeren Abständen, bis sie ganz eingeschlafen war, eine zehnminütige Politinformation vor der ersten Stunde. Zu den Aktivitäten außer der Reihe hatte ein reichliches Jahr zuvor die Übergabe eines Kondolenzschreibens in der Indischen Botschaft nach der Ermordung Indira Gandhis gezählt. Bettinas Schulfreund hatte die Idee dazu gehabt, und ihm war dann auch als besonders bemerkenswert aufgefallen, dass der Botschaftsmitarbeiter, der sie empfangen hatte, ein Sikh gewesen war, also ein Angehöriger der Volksgruppe der Attentäter.

Jetzt aber hätte Bettina ihren Kumpel mit *ihrer* Idee fast mit in einen Schlamassel gezogen. Sie hatte auf der FDJ-Veranstaltung Gorbatschows Reformbestrebungen zum Thema machen wollen und die Frage gestellt, ob denn das allbekannte Motto „Von der Sowjetunion lernen heißt siegen lernen" nicht auch in diesem wichtigen Aspekt auf *unsere DDR* übertragbar sei. Ihre Klassenlehrerin, die nur Gast auf dieser Versammlung war, lief puterrot an und würgte jedwede Debatte zu diesem Thema ab. Bettina versuchte, mit ihren *Sputnik*-Auszügen etwas dagegenzuhalten, war aber im Grunde ganz erleichtert, dass ihre Mitschüler ihr in dem Sinne zur Seite sprangen, dass sie die Aufmerksamkeit von ihr ablenkten und die Diskussion auf ein völlig anderes Gleis leiteten. Die Sache ging also glimpflich aus, auch die linientreue Klassenlehrerin kam nicht mehr darauf zurück. Bettina tröstete sich mit der Gewissheit, dass sich ihr, wenn sie endlich die Schule hinter sich habe, an der Uni das Tor zu einer neuen, weiten Welt öffnen würde. Ihr Banknachbar hingegen hatte erst noch drei Jahre *Fahne* vor sich, ehe er sein Medizinstudium würde beginnen können.

Beim Thema Armeedienst hörte der Spaß auf, so vergleichsweise moderat es an ihrer Schule dann und wann zugehen konnte. Letzteres musste selbst Bettina einräumen, zumal sie davon in einer wichtigen Sache profitiert hatte. Der obligatorische *Zivilverteidigungslehrgang* in den Winterferien der 11. Klasse war genau auf den Termin der DDR-Einzelmeisterschaften gefallen und die Freistellung mit der Auflage verbunden worden, den ZV-Lehrgang in der 12. Klasse nachzuholen. Bettina hatte sich wieder für das Turnier qualifiziert und kurz mit sich gerungen, ob sie bei der Direktorin vorstellig werden sollte. Sie hatte es dann unterlassen, um keine schlafenden Hunde zu wecken, und war gut damit gefahren. Aus der ein oder anderen Bemerkung hat sie später geschlossen, dass die Direktorin in dieser Sache beide Augen zugedrückt hatte.

Je näher das Ende des Abschlussschuljahres kam, desto mehr geriet Bettina in eine sie überraschende Abschiedsstimmung. Dass sie einige ihrer Mitschüler vermissen würde, war wenig verwunderlich, schließlich hatten sie sich sehr gut verstanden. Aber merkwürdig fand sie, dass sie mit einer gewissen Wehmut selbst auf die graue Turnhalle schaute, mit der sie keinerlei angenehme Erinnerungen verband, abgesehen von dem jährlichen Basketballturnier, das ihre Klasse ausrichtete und für dessen Zeitnahmen Bettina immer ihre *Ruhla*-Schachuhr gestiftet hatte.

Das einzige Schulfach, das ihr etwas Spaß gemacht hatte, war Latein gewesen, zumindest in den letzten beiden Jahren, als ihr ziemlich schrulliger Lateinlehrer seine Paukerallüren bei Vokabelkontrollen abgelegt hatte und etwas lockerer geworden war. Bettina mochte ihn auf seine Art, er war ein Original mit einigen Marotten und dazu ein absoluter Fachmann, sogar promoviert. Mit der Zeit fand Bettina Gefallen an den grammatikalischen Feinheiten beim Übersetzen, sie hatte den Eindruck, dabei mehr noch über ihre Muttersprache zu erfahren als über das Lateinische. Der eigentliche Ertrag dieser Stunden aber war für sie, wenigstens ansatzweise mit antiker Geschichte, Literatur und Philosophie in Berührung zu kommen. Der Lateinunterricht war eine Insel im allgemeinen Schulfahrwasser, sie war nicht unbedingt zum Ausruhen geeignet, dazu war auch hier der Notendruck zu groß, aber es wurde *Bildungsgut* vermittelt: ballastfreies Bildungsgut. Es nahm einem nicht den Atem, es demütigte einen nicht, sondern es war ein Angebot und weckte Neugier auf mehr.

So war es auch kein Wunder, dass Bettinas Klasse zum Schulabschluss auf Anregung ihres Lateinlehrers „Pyramus und Thisbe" aufführen würde. Die kleine Pergola auf dem Schulhof bildete dafür die perfekte Kulisse. Die beiden Hauptdarsteller hatten viel lateinischen Text zu lernen, zwischendurch aber hatten die Dramaturgen Bettina und ihr Banknachbar ein paar Sketche eingebaut; richtig rund wurde die ganze Sache durch den Chor, für den die beiden Texte nach dem Muster von Bettinas Küchenlieder-Schallplatten geschrieben hatten. Schon während der Proben hatten alle viel Spaß. Bettina musste manches Mal an das Spiel im Spiel von „Mädchen in Uniform" und „Sieben Sommersprossen" denken, aber auch an die *Hamlet*-Aufführung im „Wilhelm Meister". Dieser hatte sich immer stärker mit dem *fetten Hamlet* identifiziert, *seine schwankende Melancholie, seine weiche Trauer, seine tätige Unentschlossenheit* auf sich übertragen. War das nicht auch ihre, Bettinas Art des Umgangs mit literarischen Gestalten? Sie fühlte sich jedenfalls der Romanfigur Wilhelm in diesem Punkt wesensverwandt. Und noch andere Figuren und ein anderes Spiel kamen ihr in den Sinn. Das Schachspiel war ihr damals im Ferienlager zur Lebenshilfe geworden, auch in den vier Oberschuljahren hatte es ihr geholfen, diese leichter zu bewältigen, indem sie den Ernst des Lebens weniger ernst nahm und auf das Spiel verlagerte. Diese Prioritätensetzung würde sie ab Herbst in ihrem Studium, das doch ihr Traumstudium war, kaum aufrechterhalten können und dies wohl auch nicht wollen.

Aber was wäre gewesen, wenn sie die Studienzulassung nicht erhalten hätte? Hätte sie dann alles auf die Karte Schach gesetzt?

Und was war mit ihrem Schreiben? Seit vielen Wochen hatte sie keine einzige eigene Zeile mehr geschrieben, sie las wie verrückt, und sie träumte nun mehr von einem Forscher- denn von einem Dichterleben, aber mitunter meldeten sich Zweifel, ob ihr, die sie nie sämtliche Brücken hinter sich abgebrochen, sondern sich immer ein Hintertürchen offengehalten hatte, nicht gerade dadurch der Weg zur wahrhaften Kunst verbaut war, sei es im Schach oder im Schreiben.

Sie wusste nicht, welche berufliche Perspektive sich ihr nach der Uni eröffnen würde, sie dachte keine Sekunde daran, zermürbt zu werden *von der hingelebten Zeit zwischen Schrankwand und Kamin* und *ihre Kraft zu vergeuden für einen Broterwerb.* Bettina wollte nichts anderes als sich in Bücher versenken und dann darüber schreiben. Was sie aus ihren Schacherfahrungen mitgenommen hatte, war eine gewisse Verweigerungshaltung jeglichem Broterwerb gegenüber – und eine trotzig-romantisierende Vorstellung von brotloser Kunst.

Aber da war noch etwas anderes tief in ihr, eine bohrende Unsicherheit, die ihre Gefühlswelt betraf. War ihr Faible für Aussteiger und Außenseiter nicht doch auch Fassade, hinter der sich eine Sehnsucht nach Geborgenheit, eine Sehnsucht *nach Hause* verbarg? Gab es für ihren Traum vom eigenen Schreiben nur ein Entweder-oder, ließ sich also das eine nur auf Kosten des anderen verwirklichen?

Bettina spürte die alte Unrast in sich, fühlte, dass sie mit sich nicht im Reinen war.

Eines Abends verbrachte sie mal wieder Stunden in der Schachkneipe in der Kastanienallee. Das Blitzturnier war längst beendet, als sie noch mit einigen Bekannten *am alten Eichentisch zusammensaß.* Das Schachbrett, auf dem einer seine Partie vom vergangenen Sonntag zeigte, säumten mehrere Flaschen und Gläser. Bettina achtete nicht sonderlich auf die Erklärungen, sie war müde und hatte etwas Kopfschmerzen von dem Zigarettenrauch um sie her, nicht einmal das Bier schmeckte ihr. Sie stützte ihren Ellbogen auf die Tischplatte, *legte ihre Wange in die flache Hand* und beobachtete den Schankraum. Am Tresen wurde lautstark über Fußball palavert. *In einem Winkel* saßen zwei Enthusiasten an ihrem Schachtisch *und schienen teilnahmslos vor sich hinzusehen.* Wahrscheinlich hatten sie schon reichlich Alkohol intus; als Bettina später an ihnen vorbei zur Tür ging, roch sie jedenfalls eine ziemliche Fahne. Sie wollte sich nur kurz die Füße an der frischen Luft vertreten, um ihren Kopf wieder klar zu bekommen.

Draußen auf der Straße war es tiefe Dämmerung. Aus dem nahen *Prater* tönte laute Musik. Bettina machte ein paar Schritte in diese Richtung, da sah sie plötzlich ein kleines Kind mitten auf dem Bürgersteig. Es lief wimmernd auf die Straße zu, Bettina eilte hin und nahm es auf den Arm. Sie schaute sich suchend um, konnte aber keine Menschenseele sehen. Das Kind weinte jetzt stärker, und Bettina fing an, ihm zur Beruhigung etwas vorzusingen. Sie versuchte es mit *Sandmann, lieber Sandmann* und dann mit allen möglichen Volksliedern, die ihr in den Sinn kamen. Als sie bei *Am Brunnen vor dem Tore* angelangt war, sah sie eine aufgeregte junge Frau aus dem Prater herauslaufen, laut einen Namen rufend. Überglücklich nahm sie ihr Kind in Empfang und vergaß ganz, sich bei Bettina zu bedanken. Der fiel das in dem Moment gar nicht weiter auf, sie war selbst viel zu erleichtert über den Ausgang dieser kleinen Geschichte.

Sie lief zurück zur Kneipe, *eine dunkle Gestalt schwankte* gerade zur Tür heraus. Reflexartig stellte sich Bettina in eine Toreinfahrt, sie rang eine Weile mit sich, *trat aus dem Häuserschatten und ging dann rasch vorüber.*

Nachdenklich machte sich Bettina auf den langen Heimweg in die Mellensee. In ihrem Kopf hörte sie den *Gefühle*-Ohrwurm von *Pension Volkmann*:

Oder bist du nur allein
Willst bei mir geborgen sein
Wie ein Kind, das sich verlief,
Weil die Mutter es nicht rief.

Bettina *überfiel unerbittliches Heimweh*, sie wusste nur nicht, wonach sie Heimweh hatte. Nach der Geborgenheit des *Sandmännchens* statt der gruseligen Fantasie des *Nachtstücks vom Sandmann*?

Sie musste an Henry und Lutz denken. Henry würde in weniger als *zwei Jahren* auch nach Leipzig zum Studieren kommen. Es hatte eine Zeit gegeben, da wäre dies für sie beide eine aufregende Sache gewesen, Bettina hätte darum zwar kein *Geheimnis* gemacht, aber weder hätte sie es nur einfach so nebenher erwähnt noch Henry es so gleichgültig aufgenommen wie kürzlich geschehen.

Bettina spürte, dass aus der ursprünglichen Nähe zu Henry längst Distanz geworden war, während es sich bei Lutz umgekehrt verhielt.

Und dann war da Dresden. Bettina *verlangte dorthin: nach Hause*, in ihre Sehnsuchtsstadt.

Sie dachte an *Immensee* – alles ergab in diesem Moment Sinn für sie, sie sprach leise zu sich selbst: *Sie wäre fast verirret und wusste nicht hinaus. Da stand das Kind am Wege und winkte sie nach Haus. – –*

Ein Brief

Als Bettina in dieser Nacht nach Hause kam, *tappte sie nach einem Bleistift* und Papier, *setzte sich hin und schrieb und schrieb die ganze Nacht* an einem Brief an Henry.

Sie hatte noch unterwegs daran gedacht, dass sie ihm unbedingt ihre Entscheidung für Lutz mitteilen müsse. Henry würde diese *wohl erstan weh tun*, das vermutete Bettina jedenfalls, wenn sie ihn *sonst recht verstanden* hatte.

Als der Morgen graute und sie ihr *blasses, ernstes Antlitz* in der Fensterscheibe sah, beschlichen sie plötzlich Zweifel, ob Henry überhaupt Sinn für diese Art Briefroman habe. Sie konnte ihr Gekritzel selbst kaum noch entziffern, müsste es später ohnehin nochmals abschreiben, am besten auf ihrer *Erika*. Aber das war es nicht, was Bettina verunsicherte. Sie wusste im Grunde, dass Henry nicht der richtige Adressat für solche Briefe war. Er war kein Brieffreund, dem man alles von sich preiszugeben gewillt wäre. So wie jener *Wilhelm*, für den *der junge Werther* ein offenes Buch war, oder auch jener *Willi*, für den es *der junge W.* zu sein bereit war. So etwas gab es wohl nicht im richtigen Leben, sondern nur in der Literatur, und der Leser liest als vom Verfasser erwünschter Dritter im Bunde mit.

Bettina fiel ein, wie sie einmal als unerwünschte Dritte einen Liebesbrief ihrer Eltern gelesen hatte. Sie hatte nach irgendetwas in der *Schrankwand* im Wohnzimmer gesucht und war zufällig auf eine Schachtel gestoßen, in der, wie sich herausstellte, ihre Mutter alte Familienfotos und Briefe aufbewahrte, darunter einige von Bettinas Vater. In einem davon standen so wunderschöne, schwärmerisch-romantische Sätze, dass Bettina gar nicht aus dem Staunen herausgekommen war. Vor allem aber hatte dieser Brief eine beruhigende Wirkung auf sie gehabt, fortan betrachtete sie sarkastische Bemerkungen, die ihr Vater ab und an fallen ließ, mit großer Gelassenheit.

Am Ende des Briefes hatte ihr Vater ein Gedicht geschrieben. Bettina hatte es vom Stil her sofort als Platens „Tristan" erkannt. Sie war aber nicht textsicher genug gewesen, um auszumachen, ob es sich um abgeschriebene oder nachgestaltete Verse handelte. Sie hatte ohnehin die Schachtel recht schnell wieder verschlossen, es war ihr unredlich vorgekommen. Sie bezog zwar gern einen Beobachterposten, wollte aber nie ein Voyeur sein.

Wenn ihre Eltern Briefe schrieben, legten sie sich diese immer gegenseitig zum *Zensurieren* vor, wie ihr Vater das nannte. Bettina fand das komisch; es mochte von großem Vertrauen zeugen, aber wohl mehr noch von einer Unverfänglichkeit des Briefinhalts.

Sollte Bettina jemals richtige, also wirklich *eigene* Briefe schreiben, würde sie für den Brieffreund zum offenen Buch werden.

Und es wäre dann eine Liebeserklärung an das Schreiben. Also in etwa so, wie Franz Kafkas „Briefe an Felice", denn nach Bettinas Überzeugung waren das keine Liebesbriefe im eigentlichen Sinne. Und *en passant* hatte er noch die grandiosesten Prosatexte verfasst.

Er hatte es natürlich nicht im Vorübergehen erledigt, sondern unter großen Schreibqualen. Wenn diese freilich mit dem Folterinstrument *eines eigentümlichen Apparats* verknüpft werden konnten, der quasi als Schreibmaschine fungierte, dann wollte Bettina dies sich und ihrer *Erika* denn doch nicht antun, jedenfalls nicht jetzt, wo sie andere Entschlüsse gefasst hatte.

Leubnitzer Höhe

Sieben Jahre waren vorüber. Wieder war es Juni. Bettina lief auf der *abwärts führenden schattigen* Straße Altleubnitz von der Leubnitzer Höhe hinunter zum Klosterteichplatz, wo sie Henry von der Bushaltestelle abholen wollte. Sie hatte ihm in ihrem Brief vorgeschlagen, etwas früher auszusteigen und mit ihr noch einen Spaziergang zu machen, in der Annahme, dass er sich vor dem Wiedersehen mit Lutz vielleicht erst etwas mit der Umgebung vertraut machen wollte. Bettina hatte Henry *ganz im geheim verschrieben* und erst kurz vor seinem Besuch Lutz davon erzählt. Sie hatte Lutz zwar eine gewisse Nervosität, aber eine noch viel größere Freude auf seinen *alten Schulkameraden* angemerkt und sich in ihren *stillen Plänchen* bestätigt gefühlt.

Bettina und Henry hatten sich in ihren ersten Leipziger Studienjahren häufig gesehen. Als sie nach dem Babyjahr mit Cäcilia zurückkam und ein Zimmer auf der Mütteretage ihres Studentenwohnheims in der Straße des 18. Oktober bezog, wurden die Treffen mit Henry seltener. Dafür kam dann Lutz öfter von Dresden, und sie verbrachten schöne Familienwochenenden in Leipzig. Henry und Lutz sind sich nie über den Weg gelaufen, aber sie sind sich auch nicht direkt aus dem Weg gegangen, es hat sich einfach nicht ergeben. Henry war in allen möglichen Studentengremien aktiv, und das neben dem vollen Studienprogramm. Bettina hingegen hatte nur noch wenige Lehrveranstaltungen an der Uni und war mit Prüfungsvorbereitungen und ihrer Diplomarbeit beschäftigt. Im Grunde bewegte sie sich tagein, tagaus innerhalb eines Dreiecks mit den Eckpunkten Mütteretage, Kindergarten auf der gegenüberliegenden Straßenseite und *Deutsche Bücherei*.

Sie fühlte sich alles in allem wohl auf der Mütteretage, manches war bequemer, vor allem, dass das Heizen wegfiel; anderes bereitete größere Umstände, Küche und

Waschmaschinenraum lagen eine Etage tiefer und waren nicht immer frei verfügbar. Auf dem langen, kahlen Korridor hatte Cella laufen gelernt, in den Kindergarten ging sie gern. Einmal wurde dort ein „Teddy-Tag" veranstaltet; abends konnte Cella das Wort „Teddy" sagen, und von da an sprudelten die neuen Wörter nur so aus ihr heraus. Das einzige Negativerlebnis im Kindergarten versuchte Bettina schnell abzuhaken. Wieder einmal hatte sich die Schmutzwäsche etwas angestaut; den letzten sauberen Pullover hatte Cella kurz vorm Losgehen mit Milch vollgekleckert. So blieb Bettina nichts anderes übrig, als ihr schnell einen alten, noch am wenigsten dreckig erscheinenden, überzuziehen. Sie hetzte mit der Kleinen zum Kindergarten und brachte sie in ihre Gruppe. Auf dem Gang hörte sie dann Wortfetzen aus der lauten Unterhaltung zweier Erzieherinnen, die sich darüber mokierten, in welchem Zustand manche Kinder angebracht würden und dass diese einem leidtun könnten mit solchen Müttern. Bettina war wütend und verletzt, aber sie schluckte ihren Ärger herunter. Wie damals in der *Passagenbibliothek gebrauchte* sie *eine Redewendung ihres Vaters*, freilich, ebenfalls wie damals, nur in Gedanken: *Was bilden Sie sich eigentlich ein?* Sie fühlte sich gleich leichter, und als sie sich später in der *DB* in ihre Bücher vertiefte, war die Sache fast vergessen.

Derlei Gedanken an Leipzig hing Bettina nach, als *ihr zur Rechten plötzlich der Schatten aufhörte.* Bettinas Blick fiel auf das verwitterte Steinkreuz, das hinter dem hochgewachsenen Gras fast verschwunden war. Dieses alte Sühnekreuz regte immer wieder Bettinas Fantasie an, seit ihr vor Jahren Lutz' Großmutter seine Geschichte erzählt hatte. Zwei Goppelner Bauern waren Jahrhunderte zuvor an dieser Stelle in Streit geraten, es war zu einer Messerstecherei gekommen, die für den einen tödlich geendet hatte, der andere war später vor Gericht zum Aufstellen dieses Kreuzes verurteilt worden.

Bettina sah auf die Uhr, sie hatte noch etwas Zeit, trat näher an den Stein heran und strich mit den Fingern beider Hände über die raue Oberfläche, eine Erinnerung an etwas längst Vergangenes wandelte sie plötzlich an. Beim Gedanken an ihr *Fingerspiel* lächelte Bettina still in sich hinein, war dies ein Vorbote auf das Beisammensein mit Henry, würde sich die frühere Vertrautheit zwischen ihnen dreien wiederherstellen lassen, wenigstens für diese drei Besuchstage?

Sie schritt nun schneller aus und eilte die Straße weiter hinunter, bog links in den winzigen Weg zum Klosterteichplatz ab, und da sah sie schon Henry, er *kam* ihr von der Bushaltestelle *entgegen*.

Bettina und Henry gingen quer über die Straße hinüber zum Friedhof an der alten Leubnitzer Kirche; sie zeigte ihm das Grab von Lutz' Großmutter, die vor wenigen Monaten verstorben war. Bettina hatte die alte Frau sehr gemocht, sie beide waren sich im Babyjahr nähergekommen. Bettina erzählte Henry davon und deutete auch an, dass Lutz in dem Jahr eine schwierige Zeit durchgemacht hatte. Am Ende der Trauerfeier in der Kirche war „So nimm denn meine Hände" gespielt worden, was Bettina seit dem Film „Mädchen in Uniform" nicht mehr gehört hatte. Sie, die sich bis dahin tapfer gehalten hatte, war nun von ihren Emotionen regelrecht überwältigt worden.

Es war auch das Grab von Lutz' Mutter, und eine zusätzliche Inschrift erinnerte an seine Urgroßeltern, sogar mit der stolzen Berufsbezeichnung des Uropas: *Baumschulbesitzer*. Bettina zeigte auf seinen Vornamen Heinrich: „Schau, die Langform von Henry." Und sie erzählte ihm, dass die Großmutter zu Lutz mitunter Ludwig gesagt habe, wenn sie streng und mahnend klingen wollte, meistens aber Louis; die Anrede mit Lutz hingegen hätte Bettina nie von der Oma gehört.

„Du sagst ja auch öfter Cella zu Cäcilia", fiel Henry ein. Das stimmte, Bettina hatte diese Koseform für ihr Töchterchen von einem *Romanversuch* Franz Werfels übernommen.

Sie machten einen langen Rundgang über den alten Friedhof, früher hatte Lutz ihre Friedhofsliebe geteilt, wenn auch nicht auf Bettinas leicht obsessive Art. Aber seit etwa zwei Jahren mied er diese Orte, auch wenn er seine Krise überwunden zu haben schien. Mit Grausen dachte Bettina an einen Ausflug zum sowjetischen Soldatenfriedhof in der Schönholzer Heide zurück. Cella hatten sie bei ihren Eltern in der Mellensee gelassen. Der Friedhof befand sich *j.w.d.;* sie waren dort zuvor noch nie gewesen, im Gegensatz zum Ehrenmal im Treptower Park, wo in ihrer Schulzeit ab und an Pflichtveranstaltungen stattgefunden hatten, aber die waldreiche Gegend auch generell zu Spaziergängen einlud. Die monumentale, pathosgetränkte Anlage flößte zwar Ehrfurcht ein, aber Trauer und Leid waren auf dem kleineren Schönholzer Terrain stärker zu spüren. Lutz mit seiner damals labilen Psyche waren die kurzen Lebensspannen auf den Grabsteinen derartig an die Nieren gegangen, dass ihm fast die Beine weggeknickt waren und sie den Rundgang hatten abbrechen müssen.

Bettina kannte diese Momente nur von Kindergräbern, an denen lief sie immer schnell vorbei. Auf Friedhöfen mit Gräbern von Verwandten wurden aber neuerdings ihre Schritte schwerer. So ging es ihr jetzt hier in Leubnitz und ebenfalls auf dem *Trinitatisfriedhof*, wo nun schon seit einigen Jahren auch ihre Vatioma lag. Dass sie dorthin seltener kam, hing aber vorrangig mit der langen Busfahrt zusammen, von Leubnitz aus war das eben auch *janz weit draußen.*

Bus- und Autofahren hatte Bettina schon als Kind gehasst, und noch immer wurde ihr schnell übel, jetzt sowieso. Ihre Vorliebe für Schienenfahrzeuge blieb in Dresden, wie schon in Leipzig, meistens auf die Straßenbahn beschränkt. Und dann gab es natürlich noch Schusters Rappen, aber für die war der *Trinitatisfriedhof* von Leubnitz aus fast unerreichbar.

Als ihre Vatioma starb, war Cäcilia schon unterwegs, was Bettina aber noch nicht gewusst, nur geahnt hatte. *Die Jahre kommen und gehen, / Geschlechter steigen ins Grab* …, kam ihr in den Sinn. Dann erzählte sie Henry, dass sie wieder schwanger war, im dritten Monat.

Sie spazierten zum Hinterausgang des Friedhofs, Henry schaute auf die Uhr und sagte, dass er sich nicht erinnern könne, sich jemals so lange auf einem Friedhof aufgehalten zu haben. Bettina lachte: „Hast du aber, wenn auch unwissentlich." Und dann erklärte sie ihm, dass der *Friedenspark* unweit ihrer Straße des 18. Oktober früher ein Friedhof gewesen war. An ein paar Grabresten hatte man *das zerbröckelnde System der Pietät* des ehemaligen *Johannisfriedhofs* noch erkennen können, aber es fiel nur auf, wenn man davon wusste. Ein Dozent hatte sie darauf hingewiesen, es war jahrzehntelang die bevorzugte Begräbnisstätte der Leipziger Bürger gewesen, mit altehrwürdigen und wertvollen Gräbern. Bettina hatte die lange vor ihrem Studienbeginn erfolgte Umwidmung in einen Park unheimlich und anziehend zugleich gefunden und auch deshalb ihre Schritte häufig dorthin gelenkt. Viele Studenten aus ihren nahen *Oktoberbeton*-Wohnheimen haben im *Friedenspark* Fußball oder Volleyball gespielt. Und mit Cäcilia hat sie später unzählige Stunden nach dem Kindergarten oder am Wochenende dort verbracht. Da sind öfter Studienfreunde mit dabei gewesen, und eben auch hin und wieder Henry.

Der *Südfriedhof* aber, jenseits des Völkerschlachtdenkmals, war Bettinas Rückzugsort für ausgedehnte einsame Spaziergänge gewesen. In den ersten Studiensemestern hatte er sie wie ein Magnet angezogen, fast so stark wie die *DB*. Sie konnte sich dort regelrecht verlieren, hatte das Krematorium als Orientierungspunkt und streifte ansonsten ziellos durch den Friedhofspark, der sie ein wenig an den

Zentralfriedhof Friedrichsfelde erinnerte. Ähnlich wie dort, wenn auch weniger pompös, gab es hier einen „Sozialistischen Ehrenhain", an dem Bettina eher zufällig immer mal wieder vorüberkam. Die Anlage zum Gedenken an die Leipziger Bombenopfer verband Bettina mit ihren Urgroßeltern väterlicherseits; ebenso verhielt es sich mit der Schenkendorfstraße, ihrer familiären Schicksalsstraße. Die hatte Bettina frühzeitig aufgesucht und mit Schaudern vor der geschlossenen Front von Hinterhäusern gestanden, die zu Vorderhäusern geworden waren. Ein Kommilitone wohnte in einer Parallelstraße, der Körnerstraße. Körner war auch der Geburtsname ihrer Vatioma gewesen; hätte es der Familie mehr Glück gebracht, wenn sie in der Straße gewohnt hätte, die nach ihrem Namenspatron Theodor benannt worden war? Unheimlich für Bettina war jedes Mal der abendliche Heimweg hinüber in ihr *Oktoberviertel.* Um sich den Umweg um den Bayerischen Bahnhof herum zu ersparen, ging sie durch den langen, schmalen und nur schummrig beleuchteten schlauchartigen Tunnel. Wenn sie dann die Lichter ihrer Schwimmhalle in der Tarostraße sah, war sie erleichtert. Von dort war es nicht mehr weit zu ihrem Studentenwohnheim, vorbei am Kindergarten, in den Jahre später Cella gehen würde.

Inzwischen waren Bettina und Henry an der Pforte angelangt und verließen den Friedhof. Sie überquerten die winzige Brücke über den *Heiligen Born* und spazierten an diesem Bächlein entlang. Henry staunte über den dörflichen Charakter, sie ließen Klosterteichplatz mit Busschleife linker Hand liegen und bewegten sich weiter in der vom *Heili* vorgegebenen Richtung, kamen so an der alten Schule vorbei, in die schon Lutz' Oma und Mutter und er selbst die ersten Schuljahre gegangen waren. Am kleinen *Heili*-Brunnen endeten Straße und städtische Bebauung, und ein matschiger Weg führte weiter in den Grund hinein. Links der *Heili* mit seiner Quelle, rechts Kleingärten –

fast gleichzeitig kam Bettina und Henry die Erinnerung an ihre vergebliche Erdbeersuche und den Spaziergang durch die *Märkische Aue* an der *Tränke*. Das war an einem anderen Juninachmittag zu einer völlig anderen Zeit gewesen, in einer völlig anderen Welt, dort *lag ihre Jugend*, aber jung waren sie noch immer.

Spontan schaute Bettina nach oben in die Bäume, ob sie ein Eichhörnchen würden erspähen können. Leider gab es hier weit und breit keine Bank, und es wurde auch Zeit, zum Haus oben auf der Leubnitzer Höhe zu gelangen. „Aber Erdbeeren kann ich dir versprechen, *ich weiß einen Erdbeerenschlag*", sagte schmunzelnd Bettina, und dann stiegen sie die ausgetretenen Treppenstufen der *Kuhberge* hoch, wobei sie sich immer mal verschnauften und zum *Heiligen Born* hinunterschauten. Auf der gegenüberliegenden Höhenseite lag das Dorf Gostritz, dort stammte Lutz' Urgroßmutter her. Endlich waren sie oben, zwei Pferde auf einer kleinen Koppel wendeten gelangweilt ihre Köpfe zu ihnen hin. Henry bestaunte die alten Holzhäuser, von Lutz' Oma wusste Bettina, dass das die ersten Häuser einer ab den 1920er Jahren errichteten Siedlung von Alkohol- und Tabakgegnern waren.

Bettina zeigte Henry ein verrostetes Haltestellenschild mit der Aufschrift *Fahrbücherei*. Hier hatte sich Lutz' Mutter als kleines Schulmädchen ihren Lesestoff besorgt, und den für ihre Oma gleich mit. Die beiden liefen die lange Koloniestraße bis vor zur großen Kreuzung der Leubnitzer Höhe und bogen nach links in das kurze Ende der Goppelner Straße ein. Vor dem zweistöckigen Eckhaus auf der rechten Straßenseite wurden sie schon von Lutz und Cäcilia erwartet. Die Kleine schaukelte am Gartentor und sprang ihnen vor die Füße. Henry sagte etwas verlegen: „*Wie groß du geworden bist!*"

Dann reichte er Lutz die Hand. Der ergriff sie mit Herzlichkeit und hieß ihn volltönend *willkommen*. Bettina kannte das an ihm schon lange, Lutz überspielte so seine Unsicherheit. Mitunter ärgerte sie diese Fassade, das Aufgesetzte. Hier aber wusste sie, dass es Lutz ein großes Anliegen war, die Vertrautheit mit seinem alten Schulfreund wiederzugewinnen, und sie war froh darüber. Bettina *sah Lutz mit schwesterlichen Augen an.*

Sie zeigten Henry das Gästezimmer, sonst das Kinderzimmer; in einer Ecke stand schon der in einigen Monaten benötigte Stubenwagen. Cäcilia würde die nächsten zwei Nächte nebenan mit im elterlichen Schlafzimmer schlafen, wohin sie ohnehin fast jede Nacht pilgerte, zu Lutz' Verdruss. Dieser richtete sich freilich gegen Bettina, die diese Unsitte hatte einreißen lassen.

Nachdem sich Henry etwas frisch gemacht hatte, schlug Bettina vor, *in den Garten* zu *gehen, wo die schönen Rosen stehen.* Sie gingen hinunter in den Keller, am Kohlenkeller vorbei durch die Waschküche und die wenigen Stufen unterhalb des Küchenfensters wieder hinauf. Bettina lief voraus und meinte hinter sich Henrys Frage zu hören: *Wo bleiben denn aber deine Erdbeeren?* Sie wies auf das kleine Beet gleich am Anfang der Wiese; dort blinkten *zwischen den Blättern rote Pünktchen: reife Walderdbeeren.* Noch mehr staunte Henry über die volle Pracht von Sauerkirschen, die das mickrige Bäumchen mitten auf der Wiese krümmten, wenigstens wurde es von dem schiefen Schuppen gestützt, wobei sich beide gegenseitig auf den Beinen zu halten schienen. Lutz schwärmte von der allsommerlich reichen Ernte und von den Kuchen und Marmeladen seiner Oma; im Raum unten neben dem Kohlenkeller stand ein großes Bretterregal mit unzähligen gefüllten Einweckgläsern. Das Auffälligste am Garten aber waren die Rosen, die Leidenschaft der Großmutter, wie schon die ihres Vaters. Sie setzten sich auf die Bank vor den Heckenrosen neben dem Schuppen, und Cella sprang auf der Wiese umher und pflückte Kleeblätter. Wie damals auf der Bank in der

Märkischen Aue hatte Bettina etwas zum Lesen dabei. Es war eine schon ziemlich zerfledderte *Roman-Zeitung*. Der Roman spielte nicht nur im *grünen Juni*, er hieß auch nach diesem. Alle drei beugten sich über die Stelle, die Bettina herausgesucht hat: „Ich gehe Arbeit suchen. Mein Weg ist von Rosen bekränzt, von einfachen, nach Kindheit duftenden Heckenrosen, denn es ist immer noch Juni." Bettina *nahm Lutz' Hand liebkosend in die ihre.* Er skizzierte kurz seine Odyssee durch Umschulungen und Arbeitsbeschaffungsmaßnahmen; sein Betrieb war als einer der ersten abgewickelt worden. Wie auf Bestellung brachte Cella ein *Sträußchen Klee*; Bettina fing an, jeweils ein Blatt vorsichtig zu zerteilen, damit *solides vierblättriges Glück* herauskam. Sie lachten, dann sprachen Bettina und Lutz von der Großmutter, die sich nur einmal kurz zu bücken gebraucht hatte, und schon hatte sie ein *Kleestengelchen mit vier wohlausgebildeten vierblättrigen Blättern* in der Hand gehalten, wirklich jedes Mal.

Bettina ging in die Küche, um das Abendbrot vorzubereiten. Als alles fertig war, lehnte sie sich aus dem Küchenfenster und wollte die drei hereinrufen. Sie verharrte kurz, um das idyllische Bild für sich festzuhalten: Henry und Lutz nah beieinander auf der Bank, sich angeregt unterhaltend, und Cella, die auf der Wiese hüpfte und ihnen ab und an eine kleine Walderdbeere brachte. Dann entdeckten Henry und Lutz die *Zufallsbeobachterin* am Fenster und winkten ihr im Aufstehen zu. Oder drohten sie ihr? Bettina stand plötzlich jener Juninachmittag am Biesdorfer See vor Augen. Aber sie besann sich schnell, zumal die völlig verklebten Hände ihres Töchterchens jetzt einer gründlichen Reinigung bedurften. Erdbeeren hatte ihr Cella nicht mitgebracht, die Kleine hatte sich gemerkt, dass ihre Mutter zu deren großem Leidwesen gerade keine vertrug. Bettina hatte sich ein paar Tage zuvor heftig übergeben müssen, nachdem sie *von einem Händler erstandene große, vollreife*

Erdbeeren gefrühstückt hatte. Cellas riesigen Schreck hatten dann ihre Eltern zum Anlass genommen, ihr von dem Baby in Bettinas Bauch zu erzählen. Aber so richtig verstanden hatte sie es wohl noch nicht, es war ja auch noch nichts zu sehen.

Nach dem Essen kümmerte sich Lutz um das Abräumen und die Küche, und Bettina und Henry brachten Cella ins Bett. Sie traten hinaus in den *hohen, kühlen Hausflur* und stiegen die steinernen Stufen hinauf in den oberen Stock. Henry erkundigte sich nach den kleinen Gemälden, die hier im Treppenhaus und auch in den beiden Stockwerksfluren hingen. Es waren meist Haus- und Gartenmotive, dazu Waldlandschaften. Die stammten alle vom Urgroßvater Heinrich, der in seiner Freizeit gern gemalt hatte. Da habe Lutz also sein Talent her, konstatierte Henry und wollte wissen, ob er denn noch zeichne. Leider nicht, bedauerte Bettina, die hoffte, dass Lutz eines Tages zum Zeitvertreib wieder dahin zurückfinden würde.

Das *Sandmännchen* hatten sie verpasst, aber Cella durfte nach dem Baden noch etwas mit dem Nussknacker, ihrem aktuellen Lieblingsspielzeug, spielen, und Bettina legte dazu eine Kassette mit Kinderliedern von *Circus Lila* ein. Das Duo kannte sie noch von einer ihrer älteren Liedermacher-LPs. Henry nutzte die Gelegenheit und übergab Bettina sein Mitbringsel, eine von ihm aufgenommene Kassette von *Keimzeit*. „Ein Schlaflied für Cella ist auch drauf", verriet er. Dann äußerte er seine Verwunderung darüber, dass die Kleine mit der doch sicher wertvollen Holzfigur spielen durfte, sie sah tatsächlich auch schon etwas ramponiert aus. Bettina hatte diese Original-Erzgebirgsfigur als Preis bei einer Schach-Meisterschaft gewonnen. Es störte sie nicht, dass ihre Tochter damit spielte, wozu solche Sachen herumstehen und einstauben lassen? Sie freute sich darüber, dass Cella den Nussknacker trotz seines grimmigen Aussehens ins Herz geschlossen hatte. Mit einem der

Meißner Püppchen, wie sie im ganzen Haus und auch hier im Schlafzimmer herumstanden, würde Bettina ihr Töchterchen natürlich nicht spielen lassen.

Schließlich wurde es Zeit fürs Vorleseritual. Henry und Lutz setzten sich hinaus auf den Balkon, während Bettina ihrer Tochter Gutenachtgeschichten vorlas und dabei wie so oft selbst einnickte.

Dreiecke IV

Schläfrig und etwas zerschlagen verließ Bettina endlich das Schlafzimmer und trat hinaus ins Treppenhaus. Nur wenige Schritte an der Tür zur Bodenstiege und der Treppe vorbei, und schon war sie auf dem Balkon, wo Henry und Lutz sich gerade lebhaft über Fantasy-Filme austauschten. Bettina ließ sich auf den für sie bereitgestellten Stuhl sinken und die milde Juninacht auf sich wirken.

Sie sah den beiden mehr zu, als dass sie ihnen zuhörte. Das Gespräch waberte an ihr vorbei, aber sie sog dankbar die Atmosphäre auf, wie sie da so zu dritt saßen. Bettina fühlte sich entspannt und in diesem Augenblick fast glücklich.

Sie ließ den Blick in die Ferne schweifen, vorbei an der Leubnitzer Kirche weiter nach Strehlen. Dann kehrte er zurück auf die Leubnitzer Höhe und blieb an dem Gutshaus schräg gegenüber haften. Es stand etwas eingerückt, von der Straße war es kaum zu sehen, aber von ihrem Balkon aus wirkte es sehr wuchtig und mit dem Turm auf dem Dach fast wie ein kleines Schloss. Dort war Lutz' Großmutter im Mai 1919 geboren worden. Ihren Eltern hatte zwar schon dieses Haus hier gehört, doch waren die beiden kleinen Wohnungen im ersten und zweiten Stock zu dem Zeitpunkt noch von anderen Leuten bewohnt worden. Erst nachdem Urgroßvater Heinrich die Auflage erfüllt hatte, Ersatzwohnraum zu beschaffen, hatte er mit seiner Familie einziehen können und dann damit angefangen, im Haus einiges umzubauen. Anfangs hatte es hier oben noch nicht einmal elektrischen Strom gegeben.

Bettina schaute kurz nach der schlafenden Cäcilia und brachte auf dem Rückweg neue Kerzen mit. Sie trank von ihrem Wasser und schaute etwas neidisch auf Lutz' Bier, Henry hielt sich wie ehedem beim Alkohol sehr zurück. Jetzt wollten die beiden sie doch in ihr Gespräch einbeziehen. Lutz rief einen Kinobesuch im „Olympia" unten auf der Dohnaer Straße in Erinnerung, sie hatten dort vor Jahren „Excalibur" gesehen. Bettina war nur Lutz zuliebe mitgegangen, sie hatte den Film schrecklich langweilig gefunden. Noch schlimmer aber, führte sie nun aus, war das „Krull"-Erlebnis mit Henry im Leipziger „Filmtheater Connewitz" gewesen. Das rief Henry auf den Plan, und beide überboten sich im anekdotenhaften Vergegenwärtigen der Begleitumstände in jenem bitterkalten Winter, als sie mit noch ein paar Leutchen – gerade so vielen, dass die Vorstellung überhaupt beginnen konnte – im ungeheizten Kino saßen und zu Bettinas großer Enttäuschung eben nicht die Felix-Krull-Verfilmung mit Horst Buchholz lief, wie sie irrtümlicherweise angenommen hatte. Sie hatte dann genügend Zeit, zähneklappernd über diesen für sie typischen Klassiker eines Missverständnisses nachzusinnen. Anschließend wärmten sie sich bei Henry, der in der Nähe wohnte, mit reichlich Tee auf. Auch Bettina kannte die Gegend gut, in den Sportanlagen an der Teichstraße hatte sie ihren Hochschulsport. Im Connewitzer Kino war sie danach nicht nochmals gewesen, dafür umso häufiger in den Filmtheatern der Innenstadt. Erst in Leipzig war sie zur richtigen Kinogängerin geworden, während man ihre Theaterbesuche zu Studienzeiten an einer Hand abzählen konnte. Da war sie einfach von den Berliner Bühnen her zu verwöhnt gewesen. Andererseits war sie auch in Berlin ab und an ins Kino gegangen, und auch dort weniger in Vorstadtkinos wie das Friedrichsfelder „Volkshaus", sondern mehr in die großen Lichtspielhäuser „International", „Kosmos" oder „Colosseum".

Ihr Leipziger Lieblingskino „Casino" war nur einen Katzensprung von der Uni entfernt. Stunden in der *DB* verbracht, nachmittags ein Seminar besucht, anschließend ein *warmes Eckchen* in der Mensa verdrückt, und dann ins „Casino" – so sah oft ein gelungener Tag in Bettinas Studentenleben aus. Sie ging auch gern in ein Kino im letzten Hof einer Passage, das fast denselben Namen wie ihr Lichtenberger Kinder- und Jugendtheater trug: „Theater der Freundschaft". Und für besondere Highlights gab's das Studiokino an der Rückseite vom „Capitol", dort hatte Bettina mit einigen Studienfreunden zum wiederholten Male „Solo Sunny" und erstmalig „Die Legende von Paul und Paula" gesehen.

Bettinas Schwärmerei fürs Leipziger Kino unterbrach Lutz mit dem Hinweis aufs „Rundkino" auf der Prager Straße. Sie waren dort ein einziges Mal gemeinsam gewesen, in einer Spätvorstellung hatten sie sich den Dokumentarfilm „Flüstern & Schreien" angeschaut. Lutz hatte Bettina anschließend noch zu ihrem Zug zurück nach Leipzig gebracht und sich mit ihr lange über den aufwühlenden Film unterhalten. Jetzt kam Bettina in den Sinn, dass sich ihre wenigen Besuche von Filmen im „Rundkino" chronologisch recht gut in ihre eigene DDR-Vita einfügten. Als Kinder waren ihre Schwester und sie mit ihrer Vatioma in dem Defa-Märchenfilm „Die goldene Gans" gewesen, als Zwölfjährige hatte sie die Komödie „Der Puppenspieler" mit Belmondo gesehen. Bettina hatte die leichte Wohlfühlkost inmitten der sich in ihren Sitzen vor Lachen biegenden Zuschauer sehr genossen. In der Endphase ihres Teenageralters, bzw. diesem gerade entwachsen, dann „Flüstern & Schreien". Lutz hatte nach dem Film, in dem es auch um *Silly* ging, erstmals eine Ahnung davon bekommen, was Bettina so anziehend an manchen DDR-Bands und Liedermachern fand. Er war dann während eines Leipzig-Besuchs mit ihr in ein begeisterndes Gerhard-Schöne-Konzert gegangen.

Nicht zu überbieten freilich war die elektrisierende Wirkung eines Mensching/Wenzel-Konzerts im Herbst 1989 in einem aus allen Nähten platzenden Uni-Hörsaal gewesen, als noch längst nicht entschieden war, wohin die Reise gehen würde.

Ausgelassen war dann schon die Stimmung auf dem *Silly*-Konzert in einer der Messehallen, als Tamara Danz ihre Jacke öffnete und unter dem tosenden Jubel der Massen ein T-Shirt mit *Gorbi*-Konterfei zum Vorschein kam.

Das Gedränge allerdings ist der um ihr Baby besorgten Bettina unheimlich gewesen, sie hatte nach Möglichkeit größere Aufläufe gemieden. Dass ihre Sorge nicht unbegründet war, sollte sich nach dem 9. November zeigen, als der riesige Leipziger Hauptbahnhof von den Massen gestürmt wurde.

Das war auch der Hauptgrund, so redete sie sich ein, warum sie nie an einer Montagsdemo teilgenommen hatte, sondern höchstens mal in deren Ausläufer, etwa beim Durchqueren der City, hineingeraten war. In ihrem Inneren wusste sie aber, dass sie noch andere Dinge davon abgehalten hatten. Ihr war diese Mischung verschiedenster Leute einfach nicht geheuer gewesen, so sehr sie deren individuellen Mut bewundert hatte. Lief man einmal mit, war es schwer, wieder herauszukommen, wenn einem die ein oder andere Parole nicht passte. Ihr war dies besonders beim „Wir wollen raus!" aufgefallen, ihrer Sicht der Dinge hatte viel mehr das trotzige „Wir bleiben hier!" entsprochen – *Ich bin die ganze Zeit nur hier geblieben.*

Bettina hatte sich eindeutig besser aufgehoben gefühlt bei Veranstaltungen an der Uni. Wenn Christa Wolf, Christoph Hein und auch Markus Wolf sprachen, dann hatte sie dabei sein wollen, auch mit dickem Bauch.

Sie hat vom Hörensagen durch das Ausfragen von Studienfreunden gewusst, dass es selbst auf den Parteiversammlungen ihrer Sektion mitunter hoch hergegangen war, die Empörung über das *Sputnik*-Verbot hatte einen Damm gebrochen. Hier fiel Henry ein, denn das konnte er von seinen Journalisten her bestätigen. Henry war bei den Montagsdemos dabei gewesen, er hatte später auch Unterschriften unter den Aufruf „Für unser Land" gesammelt.

Bettina hatte ebenfalls unterschrieben, wenn auch eher halbherzig und nur wegen Christa Wolf, Stefan Heym und einigen anderen, im Grunde schien ihr der Zug da bereits abgefahren zu sein. Henry erzählte jetzt von einem Armeekumpel, der mit Freunden in einem *instandbesetzten* Haus in der Oderberger Straße nahe dem alten Stadtbad wohnte. Dann kam das Gespräch auf einen Mitschüler von Lutz und Henry, der vom angehenden Berufsoffizier zum Sozialarbeiter geworden war. Er hätte immer noch daran zu knabbern, dass er im Oktober 1989 in Leipzig mit schlotternden Knien in einem Mannschaftswagen gesessen habe und im Falle des Falles auf Zivilisten hätte schießen müssen.

Dass es letztlich nicht zum Allerschlimmsten gekommen war – darin waren sich die drei Freunde auf dem kleinen Balkon auf der Leubnitzer Höhe absolut einig –, war das bleibende Verdienst aller Seiten.

„Aber das, was danach kam, war fast alles großer Mist", brach es plötzlich aus Henry regelrecht heraus. Er ließ kein gutes Haar an irgendetwas, am wenigsten an Sachsen. Dem wollte er in ein paar Jahren den Rücken kehren, zur Jahrtausendwende spätestens sei er dort weg. Bettina war überrascht von diesem Ausbruch, sie hatte sich für Henry gefreut, dass es nach seinem Studienabschluss gleich mit einer Festanstellung geklappt hatte, und gedacht, er würde in seiner Arbeit aufgehen. Es sei nicht das, was er auf Dauer machen wolle, er habe aber Pläne, wolle mit seinen Kollegen den ein oder anderen Sumpf trockenlegen. Aber vor allem würde es ihn ins Ausland ziehen, Bettina kenne doch sein Fernweh.

O ja, Bettina hatte eine ungefähre Vorstellung davon, was mit Henry seit Jahren los war. Der *rasende Reporter* war *rumgerannt, zu viel rumgerannt*, erst war *doch nichts passiert*, und als dann etwas geschah, war er wieder rumgerannt, nun aber voller Groll über die Richtung, die das

Ganze genommen hatte. Er wollte unbedingt weg – *dasselbe Land zu lange geseh'n, dieselbe Sprache zu lange gehört –*, sie hingegen *hielt ein unbestimmtes Heimweh fest – ich falle nicht aus meinem deutschen Nest.*

Vielleicht würden sie und Lutz aber bald herausfallen, wobei Lutz ja ohnehin durchaus Henrys Fernweh teilte.

Bettina ahnte schon, was jetzt kam, und tatsächlich konnte Lutz nicht länger an sich halten und erzählte Henry von der traumhaften Perspektive, die sich ihm nach langer Durststrecke plötzlich doch noch zu eröffnen schien.

Er hatte sich nämlich für den diplomatischen Dienst beworben und war als einer von wenigen durch die schriftlichen Prüfungen gekommen. Geholfen hatte Lutz, dem passionierten Sammler, sein bestechendes Allgemeinwissen. Bettina, die eher der Ansicht einer altersweisen Romanfigur zuneigte, der zufolge *alles Sammeln überhaupt verrückt* ist, bewunderte und verwunderte noch mehr Lutz' sonst nicht erkennbare, hier aber mit Herzblut getränkte Akribie. Und sie freute sich für ihn, dass ihm diese nun offenbar endlich auch von zählbarem Nutzen war. Er war ein wandelndes Lexikon; auf ihn ließ sich das anwenden, was Bettina einmal bei einem anderen Philatelisten gelesen hat: Er hatte die *bunten Hoheitszeichen der Länder und entlegenen Schutzgebiete* als *Anweisungen für ein Wissen, in dem die Geographie und Geschichte aller Kontinente zusammengefaßt war*, begriffen.

Lutz war zu mündlichen Prüfungsgesprächen nach Bonn eingeladen worden. Es war noch völlig unklar, ob er genommen werden würde. Deshalb wäre es Bettina auch lieber gewesen, er hätte es noch für sich behalten. Er war so voller Vorfreude und großer Erwartungen, dass sie sich den Fall einer etwaigen Enttäuschung gar nicht ausmalen mochte. Wenn es freilich klappen würde, bedeutete dies, dass sie hier ihre Zelte abbrechen und erst nach Bonn ziehen und dann Lutz' weitere Berufsjahre abwechselnd im Aus- und Inland verbringen würden.

„Und natürlich würde sich Bettina dann auch nicht mehr länger gegen eine Heirat sträuben", hörte sie Lutz gerade volltönend ausposaunen. Bettina registrierte einen verdrossenen Blick Henrys. Vielleicht hatte es auch mit dem Ehe-Vorhaben zu tun, vor allem aber entrüstete er sich über eine andere Sache. „Du willst in den Staatsdienst eintreten, willst diesem Staat dienen?" Man merkte Henry an, wie er sich bemühte, alle Verachtung in seine Stimme zu legen. Lutz schwieg betreten, und auch Bettina hatte es die Sprache verschlagen.

Mit diesem Missklang zu sehr später Stunde endete Henrys erster Besuchstag.

Am andern Tage wollten sie einen Ausflug hinauf zur *Babisnauer Pappel* und zum *Gebergrund* machen. Bettina und Henry würden zu Fuß hoch nach Goppeln laufen, Lutz und Cella später den Bus nehmen.

Die beiden Wandersleut' wechselten sofort die Straßenseite, rechts würde es sich auf der Goppelner Straße bequemer laufen. An einem Wohnhaus mit großem Laden im Erdgeschoss entzifferte Henry das Wort *Kolonialwaren*, die Farbe bröckelte schon etwas ab. Bettina kannte dieses Geschäft nur in geschlossenem Zustand, eingekauft wurde tagein, tagaus im inzwischen abgerissenen Konsum, einer kleinen Holzbaracke direkt gegenüber vom Haus der Großmutter. Aber ein- oder zweimal hatte sie Lutz' Oma auch in dieses Kolonialwaren-Haus begleitet, denn in einer Wohnung zum Garten hin gab es eine Wäscherolle, die einige Nachbarn mitbenutzen durften. Das war alles noch Handarbeit und erforderte einige Übung. Aber wenigstens war es ein kurzer Weg. Mit ihrer Vatioma war Bettina ab und an mit einem kleinen Handwagen voll Wäsche losgezogen, und sie hatten eine ganze Weile gebraucht, ehe die Wäsche buchstäblich in die Mangel genommen werden konnte. Am bequemsten war es in der Mellensee, dort hielt regelmäßig ein *Rewatex*-Auto auf der anderen Seite des Hofs. Man gab den mit Schmutzwäsche gefüllten Kissenbezug ab und bekam beim nächsten Mal ein verschnürtes Paket zurück. Zu Hause mussten dann allerdings noch die Wäschestücke gezählt und die Reinigungsschnipsel abgezupft werden. Jahrelang war das Bettinas Aufgabe gewesen, bis sie auf die EOS gekommen und es zeitlich nicht mehr möglich gewesen war. Bettina stellte sich jetzt zum ersten Mal die Frage, wer in ihrer Familie das ab dem Zeitpunkt eigentlich gemacht hatte, und ihr wurde bewusst, dass sie auch sonst kaum etwas über das familiäre Leben in der Mellensee in ihren späten Teenagerjahren sagen könnte, sie musste in einer anderen Welt gelebt haben. Auch Henry konnte sich gut an *Rewatex* erinnern, in seiner Familie war sein Vater dafür zuständig gewesen; dessen Zimmer ging zum Hof raus, und je höher die anfangs mickrigen Bäumchen wurden, desto mehr Mühe hatte sein Vater, das Auto am gegenüberliegenden Ende vorm Studentenwohnheim zu erkennen.

Bettina, die wusste, dass Henrys Vater noch vor der *Wende* gestorben war, erkundigte sich nach seiner Mutter. Sie schimpfe aufs neue System und die neuen Kolonialherren, auch auf die neue Schule im Westteil der Stadt, aber für ihre Schüler zerreiße sie sich.

Sie überquerten die Koloniestraße und liefen an der Bushaltestelle vorbei. Gegenüber befand sich früher die Baumschule mit Gärtnerei von Urgroßvater Heinrich. Lutz' Oma hatte dort nach der Vergesellschaftung jahrzehntelang körperlich schwer gearbeitet, für ihr angeborenes Hüftleiden war das Gift gewesen. Ihre Gartenliebe hatte sie dort bestimmt nicht ausleben können, anders als zu Hause mit ihrer Rosenzucht, wenngleich die auch viel Arbeit gemacht hatte.

Bettina war kein Gartenmensch, sie streifte lieber durch Parkanlagen und Wälder und genoss alles ohne eigenes

Zutun, aber immer mit Staunen. Seit Cäcilia da war, und überhaupt mit zunehmendem Alter, schienen die Dinge, die sie anzogen, immer kleiner und ihr Staunen über sie immer größer zu werden.

Sie sah Henry von der Seite an, war er etwa inzwischen ein Gartenmensch? Lutz war es nicht, obwohl er es gern von sich behauptete. Er war im Grunde der größere Stubenhocker von ihnen beiden; um seine Sammlungen konnte er sich schlecht im Freien kümmern, ein Buch hingegen war schnell überallhin mitgenommen.

Bettina war sich sogar unsicher, ob Uropa Heinrich ein Gartenmensch gewesen war. Er hatte zwar im Park Sanssouci Gärtner gelernt und war nach der Heirat mit einer Gostritzer Gärtnerstochter und als Betreiber dieser Baumschule sesshaft geworden. Aber er hatte auch hier und da kleinere Landstücke gekauft und laut Lutz' Oma Immobilienpläne gehegt. Die Kriege waren dazwischengekommen, und nur wenige Jahre nach dem Ende des zweiten war Heinrich gestorben, ein weiterer schwerer Schicksalsschlag für die gebeutelte Familie.

„Das dort drüben", Bettina zeigte auf eine bewachsene Felderhöhung, „ist der *Gamighübel*, angeblich ein erloschener Vulkan, keine Ahnung, ob das stimmt."

„Und die Berge, die man dahinter in der Ferne sieht, gehören die zur Sächsischen Schweiz?", fragte Henry.

Bettina bestätigte das, und *hinter jenen blauen Bergen* lag die Böhmische Schweiz, und dann war es auch nicht mehr weit bis Prag. Bettina dachte etwas wehmütig daran, wie schnell man mit dem Zug von Dresden aus in Prag war, ihrer literarischen Sehnsuchtsstadt.

Bettina gab Henry einen Ausblick auf morgen. Ihre Eltern würden, von Prag kommend, am Dresdner Hauptbahnhof Cäcilia in Empfang nehmen, um mit ihr ein paar Tage in der Mellensee zu verbringen. Lutz hätte noch Besorgungen zu machen, und sie, Bettina, wollte eine schöne

Stadtwanderung mit Henry unternehmen, sie hätte sich aber noch nicht die genaue Route überlegt.

Aber jetzt ging's erst mal nach Goppeln, sie hatten schon die ehemalige Schweinemästerei hinter sich gelassen, in der heute ein Getränkemarkt untergebracht war. Die Straße nach Goppeln war stark befahren und als Wanderweg wenig geeignet. Henry schritt denn auch schneller aus, *als erwarte er endlich eine Veränderung des einförmigen Weges, die jedoch immer nicht eintreten wollte.* Aber was ihnen *gewährt* wurde, war *eine tiefe Fernsicht.* Und so konnte Bettina Henry von dem zu erwartenden Ausblick von der *Babisnauer Pappel* vorschwärmen. Ein eher trauriges Bild bot sich aber zunächst rechter Hand. Bis vor wenigen Jahren hatte es hier einen *Hopfengarten* und *blühende Obstbäume* gegeben. *Es war alles wohl bestellt* gewesen; *die Leute* freilich hatten weder damals noch heute *alle ein gesundes und zufriedenes Aussehen.*

Bettina kamen die Kindheitswanderungen mit ihren Großeltern in den Sinn, da schmerzten an so manchem heißen Sommertag ihre Füße vom kilometerlangen Laufen auf immerhin schattigem Straßenpflaster. Der Opa hatte ihr von einer Verordnung *Vater Augusts* im 16. Jahrhundert erzählt, nach der jedes Brautpaar einen Obstbaum an einer Straße zu pflanzen hatte.

Mittlerweile war der Bus mit Lutz und der heftig winkenden Cella an ihnen vorbeigefahren. Oben in Goppeln waren sie alle wieder vereint und machten sich auf den Weg zur berühmten Pappel.

An der Fassade eines Gasthofs, an dem sie vorüberkamen, prangte in großen Lettern ein Spruch von Ernst Moritz Arndt, über den sich Henry abfällig äußerte. Ihm sei das ganze nationalistische Gehabe der Sachsen zuwider. Henry hatte sich schon unterwegs mehrfach über die vor jeder Klitsche aufgestellten Sachsen- und Deutschlandfahnen mokiert. Lutz sagte, gegen Patriotismus an sich sei doch nichts einzuwenden, man dürfe es damit nur nicht übertreiben. Bettina und Lutz amüsierten sich auf ihren Spaziergängen öfter über diese sächsische Flaggenmarotte, aber sie sahen darin nichts Verwerfliches. Jetzt ärgerte sich Bettina regelrecht über Henrys Verachtung. Sie musste an zwei Verse von Heinrich Heine denken: *Schwarzrotgold ist meine Flagge, / Fabelfarben der Romantik –*. Sie wusste zwar um den Stachel der Unzufriedenheit bei beiden Heinrichen, ob in Lang- oder in Kurzform, aber sie spürte auch eine Ungerechtigkeit darin.

Jetzt sagte sie lediglich, man müsse Arndt aus seiner Zeit heraus verstehen, wie auch Theodor Körner und Max von Schenkendorf. Sie dachte an ihre Leipziger Schenkendorfstraße, die von der Arndt- und der Körnerstraße flankiert wurde. Dieses von ihrem *Oktoberviertel* durch den Tunnelschlauch vorm Bayerischen Bahnhof zu erreichende Straßendreigestirn vor Augen, fragte sie Henry, ob er wisse, dass es knapp zwei Monate vor der im Gedächtnis allgegenwärtigen Völkerschlacht vom Oktober 1813 vor Dresden noch eine andere große Schlacht gegeben hatte. Henry wusste das nicht, auch nicht, dass der mit Napoleon verbündete Friedrich August von Sachsen nach der Völkerschlacht als Gefangener zeitweise in *ihrem* Schloss Friedrichsfelde gewohnt hatte.

Da kam Bettina eine Idee für die morgige Wanderung. Sie würde sich mit Henry nicht ganz klassisch in der Innenstadt von *Elbflorenz* ergehen, sondern zu zeigen versuchen, dass man Dresden und seine Geschichte am besten vom Rande aus erschließen kann. Nicht nur die Leubnitzer Höhe heute, sondern auch die Räcknitzhöhe morgen bot sich dafür an.

Das ließe sich durchaus auf ihr Berlin übertragen, hatten sie doch Wesentliches ihrer Heimatstadt ebenfalls von der Peripherie her erkundet: *Friedrichsfelde, reizendes Dorf und reizendes Schloss.*

Auf den Gedanken war Bettina durch die Schachge-schichte gekommen, und zwar durch die *Hypermoderne Schule* der 1910er und 1920er Jahre. Deren Strategie einer vom peripheren Raum aus zu erzielenden größeren Wir-kung hatte sich mit den *neuen – expressionistischen – Ideen* in der Kunst und mit den sensationellen Erkenntnissen zu Raum und Zeit in der Naturwissenschaft berührt.

Bisher hatte Bettina nur vage Überlegungen dazu auf ihren langen, einsamen Spaziergängen angestellt. Einer davon hatte sie vor Jahren mitten im Winter bei Eis und Schnee auf die Räcknitzhöhe geführt und dann über die Dörfer zurück nach Leubnitz-Neuostra. Diese *Winterreise* hatte das Gefühl in ihr vertieft, dass da etwas sein müsse, aber sie hatte es nicht zu fassen bekommen.

Aber jetzt galt es erst einmal, Cäcilia bei Laune zu hal-ten. Ihre kleinen Beine waren schon müde, dabei hatten sie noch eine gute Strecke vor sich. Bettina versuchte es mit Wanderliedern, das ging eine ganze Weile gut. Dann hatte *die Müllerin* Cella aber doch die *Wanderlust* verlassen, und sie wollte lieber hochgenommen werden.

Bettina machte es und wurde deshalb von Lutz kriti-siert, der Cäcilia wegen seines Rückens nicht tragen woll-te, vor allem aber, um sie nicht zu verwöhnen. Henry, der merkte, dass das kein neues Thema zwischen den dreien war, hob Cella auf seine Schultern, und beide hatten da-ran sichtlich Spaß. Später, bei einem kleinen Picknick am Geberbach, rollte sich Cella auf Bettinas Schoß zusammen und wollte von ihrer Mama wieder Lieder vorgesungen bekommen. Das allererste war wie immer „Am Brunnen vor dem Tore", das Lieblingslied von Bettinas Großvater. Ihr Töchterchen summte die Melodie mit, beim nachfol-genden „Horch, was kommt von draußen rein" trällerte sie laut das *Hollahi, hollaho!* Auch das gehörte zu den Stan-dardliedern von Bettinas Opa, er hatte immer noch eine Strophe angefügt:

Wenn ich dann in' Himmel komm'
Hollahi, hollaho!
Ruft mir Petrus gleich willkomm'
Hollahiaho!
Reicht mir einen Humpen Bier
Hollahi, hollaho!
Und spricht: wohl bekomm' es dir
Hollahiaho!

Als sie etwas älter geworden war, hatte sich Bettina immer gerade auf diese Strophe gefreut, die nach einem unbeschwerten Trinklied klang und die zuvor unheimliche Nachbarschaft von fröhlichem *Hollahi, hollaho!* und traurigem Inhalt – *Setzt mir keinen Leichenstein* – abmilderte. Tod und Scheiden lagen in diesen Volksliedern oft eng beieinander, Klein-Bettina war das zum Glück nicht weiter aufgefallen. Woher hatte sie auch wissen sollen, was eine *Hippe* ist, oder ein *Stundenglas*? Sie hatte ja nicht einmal gewusst, was ein *Schwager* da vorn auf dem Kutschbock zu suchen hatte. Gefragt hatte sie ihren Opa aber nach dem *schäumenden Gerstengetränke*, und seine Antwort hatte sich dann in die Unbeschwertheit jener Strophe mit dem *Humpen Bier* eingefügt. Bettina fand das jetzt doch *ein bisschen grauslich* und schaute nachdenklich auf Klein-Cäcilia, die von alledem noch nichts ahnte. Sie schüttelte schnell die trüben Gedanken ab, heute war Sonnenschein, heute *ging* keine *dunkle Wolk' herein*, heute *sollte und musste nicht geschieden sein*.

Als die Ausflügler wieder zu Hause waren, zog sich Lutz mit Cella zu einem Mittagsschlaf zurück, und Bettina zeigte Henry das *Herrenzimmer*. Sie hatte unterwegs schon davon gesprochen und gemerkt, wie Henry wegen der Bezeichnung leicht die Nase gerümpft hat. Auch Bettina hatte diese früher höchstens aus alten Filmen und Büchern gekannt und mit etwas Angestaubtem, aber doch Altehrwürdigem verbunden. Und so war es auch hier im Haus von Lutz' Oma; Bettina und Lutz mochten das Wort und behielten es gern bei.

Sie gingen in das Zimmer im unteren Geschoss neben der Küche, vom Fenster blickte man in den Vorgarten, natürlich voller Rosen, und auf die Straße hinaus.

Links neben dem Fenster stand ein riesiger Schreibtisch, darauf lag eine große *Schreibmappe und daneben eine Löschpapierwiege.* Einen solch *gebildeten Gegenstand* hatte Bettina erst hier an diesem Ort kennengelernt, sie konnte ihn nur mit halbbelustigter Scheu betrachten. Ihre einst ständig tintenbefleckten Finger hatten kein Bedürfnis, ihn in die Hand zu nehmen. In der Mitte des Zimmers stand ein von hohen Lehnstühlen umzingelter runder Tisch, dessen Beine mit Tierköpfen verziert waren. In der Ecke rechts neben der Tür befand sich der Kachelofen, der auch im Winter nur selten geheizt wurde. Der eigentliche Blickfang war der fast die gesamte rechte Wand ausfüllende massive Schrank. In den Seitenteilen waren hinter Türen Geschirr und Wäsche verstaut, im großen Mittelteil gab es hinter Glas eine *Meißner Figur* und Bücher *in Goldschnitt* zu bestaunen, aber auch eine Reihe mit Leseausgaben deutscher Klassiker. Diese Bände hatte Lutz' Opa, der so jung an seinen schweren Kriegsverletzungen gestorben war, in die Ehe eingebracht. Schon für seine Mutter, und jetzt auch für Lutz, waren dies die einzigen Erinnerungsstücke an ihren Vater beziehungsweise Großvater.

Das Zimmer war eigentlich viel zu klein für diese alten wuchtigen Möbel. Urgroßvater Heinrich hatte die Wand links von der Tür zu einem großen Teil einreißen und zwei *Flügeltüren* einbauen lassen. Da sie geöffnet zu viel Platz beanspruchen würden, hatte man sie später aus den Angeln gehoben, so dass das dahinterliegende ebenfalls kleine und ursprünglich vom Flur aus zu betretende Zimmer nun den Raum vergrößerte. Beim *vollen Glanz der Sonne* wirk-

te das Herrenzimmer nicht überladen, sondern gemütlich oder gediegen, wie Lutz gern sagte. Es war einst das
Büro von Heinrich gewesen, dem Baumschulbesitzer mit
Immobilienplänen. Heute war es ein Überbleibsel von etwas, das in den Startlöchern steckengeblieben war. Bettina
heimelte dieses Zimmer an, hier konnte sie *lang vergessene
Zeiten* erspüren. Sie blickte zu Henry, der schien Gefallen
an den Büchern gefunden zu haben. Schade, dass er keinen
längeren Aufenthalt geplant hatte, dann hätte er in Ruhe
diese kleine Bibliothek durchstöbern können.

Sie hörten Lutz und Cella die Treppe herunterkommen.
Die Kleine war so aufgedreht gewesen, dass sie nicht zur
Mittagsruhe gefunden hatte. So gingen sie allesamt in die
Küche, um die Kartoffeln für die Kartoffelsuppe zu schä-
len.

Cäcilia half eifrig mit, indem sie jedem eine Anzahl
Kartoffeln zuteilte. Henry nahm eine, wog sie in der Hand
und presste sie, Bettina zuzwinkernd, zusammen. Und
Hump blinzelte wissend zurück zu *Wolf Larsen*.

Lutz erzählte unterdessen von weiteren Umbauarbeiten
seines Urgroßvaters. Gleich neben der Küche, an der Stirn-
seite des winzigen Flurs gegenüber vom Herrenzimmer,
hatte sich ursprünglich die Toilette der unteren Wohnung
befunden. Zu Bettinas nachträglicher Verwunderung war
die Toilette herausgenommen und durch eine geräumige
Speisekammer ersetzt worden. Auf die hatte Lutz' Oma
nichts kommen lassen, das war ihr großer Schatz gewesen;
dort lagerten die Vorräte.

Die Tatkraft des Urgroßvaters Heinrich hatte auf die
Großmutter abgefärbt. Sie hatte all die Jahre die Dinge zu-
sammengehalten, sich in der Gärtnerei abgerackert und
um die notdürftigsten Reparaturen am Haus gekümmert.
Auch sie hatte weiterreichende Pläne gehegt, hatte das
Haus von Grund auf sanieren lassen wollen mit moder-
ner Heizung und völlig neuem Vorhaus. Im alten befanden

sich sogar noch die provisorisch Mitte Februar 1945 eingesetzten Glasscheiben von einem Gewächshaus aus der Gärtnerei. Abgesehen von zerborstenem Fensterglas und der ein oder anderen Brandbombe in der Nachbarschaft, war auf der damals noch dünn besiedelten Leubnitzer Höhe nicht viel passiert. Lutz' Großmutter hatte mit ihren Eltern und dem Baby im Keller gehockt und voller Angst an ihren Mann im *Carolahaus* unten in der brennenden, todgeweihten Stadt gedacht.

Ihr Mann sollte nie zurückkommen, ihr Vater die entbehrungsreichen Nachkriegsjahre nicht überleben, das Haus hatte auch in schlichtem und teilweise unzureichendem Zustand der Rumpffamilie Obdach geboten. Jetzt sollte es nicht nur erhalten, sondern herausgeputzt werden. Es war an Lutz, das Generationenwerk fortzusetzen. *So kommt man immer ein bisschen weiter.*

Daraus wurde nun möglicherweise nichts. Aber unabhängig von der neuen beruflichen Aussicht wäre ein solches Leben mit Haus und Garten am Stadtrand für Lutz auf Dauer wohl nichts. Und schon gar nicht für Bettina, sie brauchte wie Lutz urbanes Leben um sich. Nach kurzem Überlegen präzisierte sie, dass sie immer eine gute Anbindung an die Innenstadt bräuchte und im Umkreis eine Bibliothek, eine Schwimmhalle und einen Park, das wär's. „Und einen Schachklub?", ergänzte Henry. Ach, das müsse nicht sein, gab Bettina zur Antwort, und mit Blick auf ihre Tochter und einer Hand auf ihrem Bauch fügte sie hinzu, dass sie sich schon freue, bald eine Skatrunde aufmachen zu können. „Oder hättet ihr beide inzwischen Gefallen daran?" Henry und Lutz hoben sogleich abwehrend die Arme. „Aber von wegen, du und keine Lust mehr auf Schach", warf Lutz ein und erzählte Henry, dass Bettina noch bis kurz vor Cellas Geburt unbedingt ihre Mannschaftskämpfe hatte bestreiten wollen, wenigstens hatten die in der Regel in Berlin stattgefunden. Bis auf das Oberliga-Wochenende in Potsdam, erinnerte sich Bettina, das war Ende November '89 und in mancherlei Hinsicht denkwürdig gewesen. Erstmals musste man nicht mehr mit der Kirche ums Dorf fahren, um nach Potsdam zu gelangen, aber es war immer noch beschwerlich genug. Bettina und ihre Mannschaftskollegen standen in einer Menschentraube am Bahnhof Zoo und wollten zur S-Bahn nach Wannsee, als es plötzlich hieß, es würden Busse dorthin fahren und man würde auf dem Weg noch an einer Verpflegungsstation Halt machen. Die Massen strömten zu den Bussen und Bettina und ein paar ihrer Schachleute in deren Sog mit. Nach endlos erscheinender Kurverei hielten sie vor einer Schule, und dort gaben freundliche Mitarbeiter vom *Deutschen Roten Kreuz* großzügige Portionen von Nudeln mit Tomatensoße aus und sparten nicht mit aufmunternden Worten für die ausgehungerten Ostdeutschen. Bettina fühlte sich unbehaglich, in erster Linie war sie nervös, ob sie es rechtzeitig zum Spiellokal in Potsdam schaffen würden. Von der Busfahrt war ihr etwas übel geworden, aber noch schlechter fühlte sie sich nun inmitten ihrer dankbaren ostdeutschen und hilfsbereiten westdeutschen Landsleute – das alles kam ihr wie ein großes Missverständnis vor. Wenigstens war das Essen dieser Massenverköstigung um Längen besser als ihre *Drushba*-Schulspeisung. Letztlich löste sich alles in Wohlgefallen auf, der weitere Transfer nach Wannsee klappte, wo sie den Rest ihres Teams antrafen. Bei der sonntäglichen Rückfahrt trennte sich Bettina am Bahnhof Wannsee von ihrer Mannschaft, weil sie die Gelegenheit nutzen wollte, das Kleist-Grab am *Kleinen Wannsee* zu besuchen.

Auf Kleist, dem *auf Erden nicht zu helfen* war, war Bettina vor etlichen Jahren durch *Kein Ort. Nirgends* aufmerksam geworden, auch auf ihre Namensvetterin, deren *Frühlingskranz*-Reclamband zu den Lektüren gehörte, die sie in ihrer Berliner Schulzeit mit sich herumgetragen hatte.

Kleists Ende durch Doppelselbstmord mit Henriette Vogel hatte Bettinas Fantasie angeregt, nicht zuletzt, weil ihr dabei die Filmadaptionen und ihre Schulaufführung der *Doppelselbstmorde aus Liebe* von *Romeo und Julia* sowie *Pyramus und Thisbe* in den Sinn gekommen waren.

Nun stand sie an beider Grab und sah mit Erstaunen, dass der Todestag sich erst vor wenigen Tagen gejährt hatte. Kleists Geburtstag laut Grabinschrift fiel mit dem Straßennamen ihres Leipziger Studentendomizils zusammen. Die Völkerschlacht hatte 36 Jahre nach Kleists Geburt und knapp zwei Jahre nach seinem Tod mehrere Tage gedauert, der 18. Oktober war derjenige der Entscheidung gewesen.

In der Leipziger *DB* war Bettina tiefer in Werk und Vita Kleists eingedrungen, und auch in das jener beiden anderen, die seine Wege in Berlin gekreuzt haben. Während ihr Bettines Bruder und Jugendbriefpartner Clemens zunächst vertrauter gewesen war, fühlte sie sich nun Arnim, Bettines Ehemann und Clemens' engem Freund, immer näher. Und es schien ihr eine Seelenverwandtschaft zwischen dem *unaussprechlichen Menschen Heinrich* und dem *Einsiedler Arnim* zu bestehen. Die tatsächlichen Lebensumstände, vor allem die Heirat Bettines und Arnims, standen den verschiedenen Dreiecksvarianten entgegen. Hier, am Kleist-Grab anno 1989, lief die passionierte Dreieckskonstrukteurin Bettina freilich zu großer Form auf.

Sie hatte sich mit Lutz nach langen Erwägungen als Mädchennamen für ihr Baby auf Cäcilia geeinigt. Den fanden sie beide wunderschön, es war Bettinas Vorschlag gewesen. Auf die Idee war sie durch ein Gedicht von Achim von Arnim gekommen und hatte darin ein gutes Omen gesehen. Der hatte im November 1810 in Kleists „Berliner Abendblättern" Verse auf die Taufe von Cäcilie, der Tochter seines Freundes Adam Müller, veröffentlicht:

Auf einen glücklichen Vater

Eines verlieh ich Dir gern,
der Orden ersten und höchsten,
hängt dir die Tochter am Hals,
trägst du den schönsten gewiß.

Bettina hatte gelesen, dass Kleist und Henriette Vogel ebenfalls bei jener Taufe anwesend gewesen waren, und nun elektrisierte sie der Gedanke, dass sie hier mit dickem Bauch auf dem ihr angestammten Beobachterposten mit jenen beiden gewissermaßen in Verbindung trat. Es war allerdings eine ziemlich gruselige Vorstellung, und sie hütete sich, jemandem davon zu erzählen; auch jetzt, in der Leubnitzer Küche, führte sie das nicht näher aus, sondern stimmte lieber in das fröhliche Geplapper ihrer Cäcilia ein.

Mit Heißhunger machten sie sich über die Kartoffelsuppe her. Pünktlich zum *Sandmännchen* ging Lutz mit Cella hoch, während sich Bettina und Henry dem Aufwasch widmeten, was sie mit den Worten *„Die Teller müssen gespült werden"* kommentierte, sich aber nicht sicher war, ob er diese Anspielung verstand.

Neben dem üblichen Spültisch mit Doppelspüle befand sich in der Ecke gleich neben der Tür ein altes gusseisernes Waschbecken. Dort hatte Heinrich immer einen Schemel herangeschoben, damit seine kleine Enkelin, Lutz' Mutter, den Wasserhahn erreichte. Die Großmutter hatte dies Bettina erzählt, auch, dass die beiden eine sehr innige Beziehung gehabt hatten, dann aber war Heinrich nur wenige Jahre nach Kriegsende gestorben, noch keine 60 Jahre alt. So hatte die Kleine ihren geliebten Großvater verloren, nachdem sie zuvor schon ihren Vater nicht hatte kennenlernen dürfen. Die Oma hatte weiter berichtet, dass sich ihre Tochter eine Zeitlang oft ans Fenster gestellt und Ausschau nach ihrem Vater gehalten hatte. Das war in

jenen Jahren gewesen, als plötzlich einige Väter von Mitschülern aus der Kriegsgefangenschaft heimgekehrt waren.
Ihre Tochter habe es gar nicht fassen können, dass dies für
ihre Schulkameraden keineswegs immer ein freudiges Er-
eignis gewesen war. Bettina war bei dieser Geschichte der
Heimkehrervater von *Tinko* eingefallen. Das gleichnamige
Jugendbuch gehörte zu ihren vielmals gelesenen, und sein
Autor sollte für sie von seinem Erzählstil her zum Maß-
stab aller Dinge werden. Jetzt, da sie dies Henry gegenüber
erwähnte, kam ihr der Junivorleseroman gestern im Garten in den Sinn. Dem Heimkehrer dort waren seine Söhne
auch *nicht um den Hals gefallen*. Bettina musste daran denken, wie sie einmal ihren Opa gefragt hatte, ob sich denn
die Oma gefreut hätte, als er aus englischer Kriegsgefangenschaft nach Meerane zu Frau und Sohn zurückgekehrt
war. Ihr Opa hatte das mit den Worten abgetan, es sei dann
noch ein Esser mehr da gewesen.

Wenn Lutz' Opa doch hätte aus dem Krieg heimkehren
können, hätte er sich vermutlich nicht mit Frau und Kind
im Haus der Schwiegereltern und überhaupt in Dresden
niedergelassen. Er stammte aus der Schwarzwaldgegend,
und es lag nahe, dass die kleine Familie in der Heimat des
Familienvaters ansässig geworden wäre. So hatte es auch
Lutz' Großmutter angenommen, als Bettina sie einmal darauf angesprochen hatte. Aber sie hatte ergänzt, dass derartig konkrete Pläne nicht geschmiedet worden seien. Die
Hochzeit war mitten im Krieg gewesen, in solchen Zeiten
drehten sich alle Zukunftsgedanken um eine einzige Sache:
diesen erst einmal zu überstehen.

Die Schicksalsschläge, die Schwere der körperlichen
Arbeit und die Sorgen um Familie und Haus hatten die
Oma hart gemacht, aber nicht verbittert. Durch den frü-
hen Tod der Tochter war sie kurzzeitig aus der Bahn ge-
worfen worden, hatte dann aber ihre Kräfte für die ersten
Lebensjahre des Enkelsohns sammeln können. Lutz war

seine Oma als Kind immer streng vorgekommen, er hatte ihre Liebe gespürt, aber auch die düstere und bedrückende Atmosphäre. Als er schon in der Schule war, hatte sie einen psychischen Zusammenbruch, weshalb Lutz zu seinem Vater nach Berlin in die Wohnung in der Weitlingstraße kam. Die Großmutter erholte sich, sie hörte von einem Tag auf den anderen mit dem Rauchen auf und fasste neuen Lebensmut. Jahre später gab es wegen ihres Hüftleidens eine körperliche Krise, sie musste monatelang auf eine Operation warten und konnte sich vor Schmerzen kaum bewegen, bis endlich die Eingaben von Lutz' Vater Erfolg hatten. Das war der Zeitpunkt, als Lutz Hals über Kopf nach Dresden zog und dort sein Studium fortsetzte.

Nach der Operation lebte die Großmutter auf und genoss die Jahre, die ihr noch vergönnt waren. Bettina hatte die alte Frau sehr gern und wurde auch von ihr sehr gemocht. Sie führten lange und intensive Gespräche miteinander, Bettina wusste viel mehr von ihr und ihrer Familie als Lutz. Die Großmutter las keine Bücher, sondern ausschließlich und ausgiebig die *Sächsische Zeitung*. Sie schaute gern Sport, am liebsten Eiskunstlauf, sowie Reportagen über Tiere und ferne Länder. Sie hatte ein Konzertanrecht für den *Kulturpalast* und hörte auch zu Hause im Radio vorrangig klassische Musik. Lange Jahre hatte sie allabendlich vor dem Fernseher gestrickt, diese ihr so liebe Beschäftigung aber wegen ihrer Augen aufgeben müssen. Als sich Cäcilia ankündigte, hatte sie es sich jedoch nicht nehmen lassen, ihrem Urenkelchen eine zünftige Ausfahrgarnitur zu stricken.

Bettina hatte ihre aufgeschlossene Art und ihre modernen Ansichten sehr geschätzt. Sie hatte sich für alles interessiert, aber niemandem in seine Angelegenheiten hineingeredet, sich auch in Erziehungsfragen nicht eingemischt.

Im Grunde hatte die Oma wohl geahnt, dass Bettina auf Dauer nicht in dieses Leubnitzer Haus passte. Auch wenn sie in dieser Hinsicht auf Lutz gehofft hatte, so war ihr doch nicht verborgen geblieben, wie schlecht es ihm zwischenzeitlich gegangen war. Es bestand kein Zweifel daran, dass der Großmutter in erster Linie sein und seiner Familie Glück am Herzen gelegen hatte. Wenn das Haus nur noch unzureichend Schutz und Obdach bot und womöglich sogar zur Last zu werden drohte, dann musste man sich eben davon trennen. Dann würde es anders weitergehen.

Der Aufwasch war fast geschafft. Bettina ermunterte Henry zum gemeinsamen Singen von Volksliedern, wie sie es früher oft mit ihrer Schwester in der Mellensee gemacht hatte. Aber Henry sprang nicht darauf an, so fing Bettina allein an zu singen. Gleich mit ihrem ersten Lied „Ännchen von Tharau" erregte sie Henrys Unmut. *Mein Gut und mein Geld* – was das denn, bitte schön, für eine spießige Botschaft sei.

Bettina war die Lust auf Volkslieder vergangen, sie ärgerte sich über Henrys Selbstgerechtigkeit, aber sie wusste auch, dass der Stachel in ihr etwas berührte, woran Henry vermutlich gar nicht gedacht hatte, was sie aber seit langem umtrieb.

Sie gingen beide hinauf zu Lutz und Cella, und als sie aus dem Schlafzimmer von der *Keimzeit*-Kassette „Der Löwe schläft heut nacht / Wer hat dir da nur Angst gemacht?" hörten, lächelten sie sich gelöst zu.

Bettina wurde von ihrem Töchterchen schon sehnlichst erwartet. Nach ihrem Vorleseritual, das keine von beiden mehr missen wollte, vergewisserte sich Bettina, ob Cella auch wirklich schlief, und trat dann hinaus ins Treppenhaus.

Lutz und Henry saßen wieder auf dem Balkon, ein Streitgespräch schien im Gange zu sein. Bettina wollte die zwei allein lassen und noch einen Abendspaziergang machen. Sie hob kurz die Hand und sagte ihnen Bescheid, beide winkten zerstreut zurück.

Heiliger Born

Bettina lenkte ihre Schritte zur Koloniestraße, wie von selbst ergab es sich, dass sie den gestrigen Weg mit Henry wiederholte, indem sie ihn zurückging. Sie stieg in der Abenddämmerung langsam die steile Treppe zum *Heiligen Born* hinunter.

Sie wusste, was seit dem Aufwasch-Gespräch mit Henry in ihr bohrte, und auch, was nicht. Letzteres war ihr Umkippen in Sachen Eheschließung, sie glaubte bei Henry einen Vorwurf herausgehört zu haben, war sich dessen aber nicht sicher.

Sie *beschäftigten diese Dinge, wenngleich ohne Leidenschaft*. Die jedoch fehlte nicht bei der Realisierung ihres Kinderwunsches; sie sah sich nicht wie der von ihr für seine Erzählkunst bewunderte *Esau Matt* als *Lebens-Plansünder*. Sie liebte ihr Töchterchen abgöttisch und war der glücklichste Mensch, dass sie bald zu dritt sein würden, ein neues stabilisierendes Dreieck. Es würde ihr Bodenhaftung geben, sie vor Realitätsverlust bewahren, aber – und da war er: Bettinas Stachel – es würde sie auch im eigenen, sprich: im eigentlichen, Schreiben behindern.

Bettinas Erwartungen an ihr Traumstudium der Germanistik hatten sich voll und ganz erfüllt. Sie hatte sich in ihrem *DB*-Refugium in die Materie versenken können und dazu in Vorlesungen und Seminaren Inspiration und Denkanstöße zu allen Epochen und auch zur für sie eher nebenher laufenden Linguistik empfangen. Als ein besonderes Glück hatte sich herausgestellt, ausgerechnet bei ihrem Steckenpferd der ersten Jahre, DDR-Literatur, an einen Dozenten geraten zu sein, der mit jugendlichem Elan, gepaart mit hohen Ansprüchen, für seinen Gegenstand begeistern konnte. Beim Besuch von Lesungen im Literaturhaus in der Steinstraße hatte sie neugierig alles aufgesogen und aus der Ferne ehrfurchtsvoll auf Adolf Endler geschaut, einen ihrer Dichterheroen aus der Oberschulzeit, der sich, wenn er da war, freilich ebenfalls eher im Hintergrund aufhielt. Bettina hatte mit ihren dichterischen Ambitionen abgeschlossen, umso mehr brannte sie darauf, ein eigenes wissenschaftliches Werk zu verfassen. Frühzeitig hatte für sie festgestanden, einmal promovieren zu wollen, auch wenn sie nicht wusste, wie sie das anstellen sollte. Sie hatte es nicht vermocht, auf sich aufmerksam zu machen, hatte auch ausgerechnet in der Anfangszeit ab und an ein oder zwei Wochen gefehlt, Schachturniere dauerten nun mal so lange. Es hatte sich immer stärker herauskristallisiert, dass das von ihr in Schulzeiten priorisierte Schach nun im Studium für sie zum Bremsklotz geworden war. Nicht etwa, weil sie nicht doch mit einiger Anstrengung beides hätte vereinbaren können, sondern weil sie dies nicht mehr gewollt hatte. Ihre Leidenschaft hatte die Seiten gewechselt. Sie hatte aber auch in literarhistorischer Ausrichtung einen kleinen Wechsel durchlaufen, hin zu Bettinas anderer alten Liebe, der expressionistischen Lyrik, jetzt aber die gesamte Strömung erfassend.

Je tiefer sie gattungsübergreifend in den literarischen Expressionismus eindrang und ihn zudem als Gesamtkunstwerk begriff, desto mehr bekam sie eine Ahnung davon, dass sie im Grunde gar keinen Wechsel vollzogen hatte, sondern sich vielmehr ihre beiden ursprünglichen Steckenpferd-Welten in wesentlichen Teilen berührten, in beiden wurde *Abschied von der Symmetrie* genommen beziehungsweise *gegen die symmetrische Welt* Position bezogen.

So, wie sie in ihren Berliner Oberschuljahren mitunter ein Berühren der Zeiten der 1980er Jahre mit jenen vor dem Ersten Weltkrieg gespürt hatte, so hatte sich dies in ihrer Leipziger Studienzeit wiederholt. Sie hatte den Prager deutschen Dichter Franz Werfel für sich entdeckt, und in seinem Fahrwasser Walter Hasenclever sowie die Anfänge und Etablierung des Kurt Wolff Verlags. Es war öfter vorgekommen, dass sie sich in die Wohngemeinschaft von Werfel, Hasenclever und Kurt Pinthus hineinträumte, die sich in der Haydnstraße befand, also gar nicht so weit entfernt von ihrer Schenkendorfstraße. Oder dass sie sich in den Hörsaal schlich, um Wilhelm Wundt und Karl Lamprecht zu lauschen.

Ihre Diplomarbeit schrieb sie über die Rezeption zweier antiker Stücke: „Die Troerinnen" von Werfel und „Antigone" von Hasenclever.

Da war ihre Cäcilia schon auf der Welt, und es gab auch sonst mannigfaltige Veränderungen. Das streng limitierte ostdeutsche Exklusivstudium der Diplom-Germanistik erwies sich plötzlich als westdeutscher Massenstudiengang mit kurzfristigen Unklarheiten zum Studienabschluss und langfristig vagen beruflichen Perspektiven.

Bettinas *DB*-Rückzugsort aber war geblieben, und dort häufte sie nun eine Fülle von Material an und tat sich sehr schwer damit, aus einem Bruchteil davon eine stringente Arbeit zu formulieren.

Hatten ihre Kommilitonen die Diplomarbeiten noch auf der Schreibmaschine geschrieben, so kam bei Bettina ein Babyjahr später der Computer zum Einsatz, eine der ersten Anschaffungen von ihr und Lutz nach der *Wende*. Die *Erika* hatte damit ausgedient, noch nicht ganz traf das aber auf die einst mit ihr verbundenen Träume zu.

Bettina war von großen Selbstzweifeln geplagt, ob sie sich nach der Quälerei mit der Diplomarbeit auch noch eine Dissertation zumuten sollte. Ausgerechnet in der Endphase der Studienabschlussarbeit, der Abgabetermin rückte näher und näher, war ihre sonst so pflegeleichte und kerngesunde Cella kurz hintereinander erst an Windpocken, dann an einer Mittelohrentzündung erkrankt. Einmal hatte die völlig übernächtigte und verzweifelte Bettina von einer Telefonzelle aus ihren Schwager in Berlin angerufen und ihm ihr Herz ausgeschüttet. Der hatte natürlich überhaupt nichts machen können, aber es hatte gutgetan, dass ihr jemand zuhörte und Mut zusprach.

Es war also nicht gerade ein euphorischer Forscherdrang, der Bettina leitete, und schon gar keine Schreiblaune, aber doch die Gewissheit, das Thema tiefer durchdringen zu können. Und da war noch etwas: die unbestimmte Idee, nicht nur noch längst nicht alles gesagt zu haben, sondern womöglich eine andere Form finden zu müssen, um das auszudrücken, worum es ihr eigentlich ging. Mit anderen Worten war sie also nicht nur mit ihrem wissenschaftlichen Schreiben noch nicht am Ende, sondern es schlummerte in ihr vielleicht doch der ein oder andere Roman. Solche Gedanken beflügelten und verunsicherten Bettina gleichermaßen. Sie wusste sich aber auch niemandem anzuvertrauen. Ihrer Vorstellung nach wollte sie zuerst die Dissertation verfassen, dann den Roman. Die Umsetzung ihres Vorhabens war jedoch völlig ungewiss. Das betraf schon äußere Hürden wie die neuen Promotionsordnungen der Universitäten, aber mehr noch ihre familiäre Situation. Wie sollte so etwas mit zwei Kindern und dann womöglich auch noch vom Ausland aus gehen?

Nur eine Sorge spielte in Bettinas Gedankengängen überhaupt keine Rolle. Das war wohl, so jedenfalls erklärte sie es sich selbst, ein Relikt ihrer einstigen Leidenschaft für die *brotlose Kunst* Schach und der damit einhergehenden trotzigen Verweigerungshaltung gegenüber jeglichem *Broterwerb*.

Schon damals freilich hatte sie nicht alle Brücken hinter sich abgebrochen, sondern sich ein Hintertürchen offengelassen, was mitunter zu Zweifeln geführt hatte, ob nicht gerade dies ihr den Weg zu künstlerischen oder wissenschaftlichen Weihen verbaute. Das Hintertürchen, das sich jetzt eher zufällig geöffnet hatte, war Lutz' mögliche Beamtenlaufbahn, die der Familie nach einer über Jahre währenden Phase existenzieller Unsicherheit Geborgenheit geben könnte, wenn auch verbunden mit einem unsteten Leben.

Bettina war sich im Unklaren darüber, was das für ihr Schreiben bedeutete, befürchtete aber, dass es nichts Gutes sein würde, denn sie brächte nicht die notwendige Rücksichtslosigkeit eines kraft seiner Schreibmaschine *zwar oft bedrängten, aber auch oft beseligten* Esau Matt gegen die Familie dafür auf. Sie spürte zugleich, dass das vielleicht nur eine Ausrede war. Was sie aber wusste, war, dass sie nicht für sich allein Verantwortung trug und dass immer zuerst ihre Kinder kämen und sie fast *an weiter gar nichts denken* konnte.

Soweit es sie selbst betraf, sah Bettina vieles mit Gelassenheit und ohne Furcht. *Was aber Cella anbelangte, war sie ein erbärmlicher Feigling.* Selbst ihre Namenswahl hinterfragte sie im Nachhinein mit Bangen, seit sie gelesen hatte, dass E. T. A. Hoffmanns als Kleinkind verstorbene Tochter Cecilia geheißen hatte. Und wie es ihre Art seit Kindertagen war, die sie nicht nur nicht ablegen konnte, sondern die sich sogar noch zu verstärken schien, projizierte sie frisch drauflos querbeet zu allen möglichen Dichter- und literarischen Gestalten, vorzugsweise auf der Suche nach Dreieckskonstellationen. Bettina war ständig einer drohenden Katastrophe gewärtig, dass *alles umsonst gewesen sein* könnte, aber sie war zugleich fasziniert von der Erzählweise der beiden Maler namens Johannes, ob in „Aquis submersus", ob in der „Chronik der Sperlingsgasse".

Bei Wilhelm Raabe, dem Lieblingsdichter ihres Opas, und auch bei Otto Ludwig, dem er die Nase auf der *Bürgerwiese* gerettet hatte, musste Bettina daran denken, ob vielleicht auch ihr Großvater ein Faible für Dreiecksgeschichten gehabt und dieses an sie weitergegeben hatte. Sie versuchte, nie zu direkt involviert zu werden, wollte distanzierte Beobachterin von allem bleiben, was so *zwischen*

Himmel und Erde passierte. Aber hier, im Grund des *Heiligen Borns*, ließ sie die Ausgangssituation in Raabes gleichnamiger Dreiecksstory nah an sich heran. Sie legte den Kopf in den Nacken und starrte nach oben, erblickte aber kein *gewaltiger und dräuender werdendes Himmelswunder mit grausamem Schwanz*. Bettina war am *Heili*-Brunnen angelangt und ließ sich dort verwirrt und erschöpft nieder. Worin hatte sie sich da gerade verrannt, wie hatte sie jetzt das *Kometenfieber* bekommen können? Die beiden ersten Gedichte der *Menschheitsdämmerung brausten ihr ins Ohr*. Bettina lehnte sich an den Stein und kühlte ihre *heiße Stirn*: „*Darum reis in Sommernacht / Nur zu aller Welt Ende.*" Langsam beruhigten sich ihre Gedanken; auch wenn hier weit und breit kein *Lindenbaum* zu sehen war, hätte sie dort jetzt *schlafen mögen, sanft bebend umschmeichelt vom flüsternden Laub*. Aber das kam natürlich nicht in Frage, und so raffte sie sich wieder auf und lief in Richtung Klosterteichplatz.

Sie trug keinen *Hut*, auch keinen *fremden*, der ihr *vom Kopfe fliegen* konnte. Sie hatte weder einen verloren noch *verwechselt*; sie hatte nie einen besessen, und trüge manchmal doch gern einen *schwarzen Hut auf ihrem Dichterhaupt*. Oder *hetzte*, wie jener Dichter Ernst Blass, *gen Kolchis noch mal die Argonauten*, beziehungsweise in ihrem Fall die *Arconauten*.

Bettina verzichtete auf den gestrigen Umweg mit Henry und ging über den Klosterteichplatz und dann den schmalen Weg hoch zur Straße Altleubnitz. Sie warf einen Blick nach links zum Friedhof hin, wandte sich dann nach rechts und lief an der Gaststätte *Leubnitzer Höhe* vorbei. Wenn die Frauenkirche wiederaufgebaut ist, würde man sie vom Garten dieses Lokals aus sehen können, das hatte ihr Lutz' Oma erzählt. Sogar ein echtes *Wirtshaus*, durchfuhr es Bettina plötzlich, und nicht nur der *Totenacker*, sie *wollte* in keinem von beiden *einkehren*.

Da war schon das Sühnekreuz, Bettina wechselte die Straßenseite. Wieder legte sie die Hände auf den Stein. Die beiden lagen einträchtig nebeneinander, zwischen ihnen fand kein Kampf statt, und Bettina brauchte nicht als *unehrlicher Schiedsrichter* zu agieren. Sie hatte ihre zehn Freunde wieder zusammen wie damals in einsamen Kindheitsstunden und konnte mit ihnen die Lage besprechen. Jetzt schienen auch sie ihr zu mehr Gelassenheit zu raten. Es würde sich schon alles fügen. Die *Windrose* im Kompass wird der Orientierung dienen, und zwar sowohl auf dem äußeren Weg als auch auf dem inneren, *dunklen schwankenden Schiffe der Gedanken.*

Bettina fühlte eine große Ruhe in sich, aber auch eine große Müdigkeit. Sie wollte jetzt nur noch nach Hause, inzwischen war es sehr dunkel geworden, aber Bange machen galt nicht: *Nun war es Nacht, und die Löwen schliefen.*

Bettina schritt schneller aus, obwohl es bergauf ging, Lutz und Henry hatten sie schon ungeduldig erwartet. „*Wo bist du denn so spät in der Nacht noch gewesen?", rief* Lutz ihr *entgegen.* „Ich habe nach einer Windrose gesucht und sie am Ende auch gefunden."

Henry

Den dritten und letzten Besuchstag Henrys würde Bettina mit ihm allein verbringen. Zunächst fuhren allesamt zum Hauptbahnhof. Der Zug aus Prag mit Bettinas Eltern hatte Verspätung, so verabschiedeten sich Bettina und Henry am Bahnsteig von Lutz und Cella, verließen den Bahnhof durch den Ausgang zur Südvorstadt und folgten einer endlos langen Straße in Richtung Räcknitz.

Anfangs sprachen sie von den Eltern. Bettina schwärmte von ihnen als den besten Großeltern der Welt. Sie nahmen immer mal die Kinder ihrer beiden Töchter zu sich. Auch bei Cella war es jetzt nicht das erste Mal. Einige Wochen zuvor hatten Bettina und Lutz einen Ausflug nach *Rheinsberg* gemacht. Nach Bettinas Wunschvorstellung hatte alles so unbeschwert sein sollen wie in jenem *Bilderbuch für Verliebte*. Sie hatte aber recht bald gemerkt, dass sie eine Stufe der Sorglosigkeit übersprungen hatte. Statt leichtfüßig durch den Park zu tänzeln und *wie alle Großstädter maßlos einen einfachen Strauch zu bewundern*, hatte sie diesen, geplagt von Schwangerschaftsübelkeit, für andere Zwecke gebraucht und war so erst gar nicht dazu gekommen, *seine Schönheit zu überschätzen.*

Ihre Eltern jedenfalls hatten stolz die Großelternrolle angenommen, auch wenn der Vater seine grundsätzlichen Bedenken gegenüber den Töchtern nicht zurückgehalten hatte, schienen diese doch seine eigenen *Lebens-Plansünden* zu wiederholen. Wie Bettina inzwischen wusste, hatte sich ihr Vater deswegen von seinen Eltern bittere Vorwürfe anhören müssen. Das Verhältnis ihrer Mutter zu den Schwiegereltern war wohl nicht ohne Grund immer distanziert geblieben.

Zu Bettina hatten ihre nachsichtigen Großeltern ab und an in erschöpftem und leicht vorwurfsvollem Ton gesagt: „Du hast es gut, du hast dein ganzes Leben noch vor dir …"

Es war eher eine Mahnung an die Enkelin gewesen, etwas aus ihrem Leben zu machen. Und die Enttäuschung darüber, ihre eigenen besten Jahre verpasst zu haben.

Ihre so in sich gekehrte, sanfte Vatioma hatte ihren kleinen Sohn mitunter zur Strafe in die Besenkammer gesperrt. Hatte er sein Essen zu Mittag nicht aufessen wollen oder können, war es ihm am Abend und am nächsten Tag wiederaufgewärmt worden.

Sein Vater hätte es lieber gesehen, wenn sich sein Sohn für die Medizin und nicht für die Germanistik entschieden hätte. Als seine Abiturnote nicht das erwartete Prädikat „Sehr gut", sondern „Gut" ergeben hatte, war ihm von seinem Vater vorgehalten worden, er sei jetzt nur einer von vielen.

Bettina hatte ihren Opa jederzeit unterbrechen dürfen, wenn er am Schreibtisch im Wohnzimmer vor seiner Schreibmaschine saß. Zu Hause in der Mellensee hatte das aus dem Arbeitszimmer auf den Korridor herausdringende Geräusch der Schreibmaschine ein klares Signal der Abwehr gegeben. Hatte man wegen eines Anliegens doch einmal durch vorsichtiges Anklopfen Einlass begehrt, war die genervte Reaktion immer noch besser gewesen als das zornige Herausstürmen und Türenknallen wegen Kindergeschreis, meist verursacht von der *knatschigen* Bettina.

Ganz anders hatte diese das später selbst handhaben wollen. Wie schon bei der Taufe jener Cäcilie, fand sie auch hier Bestätigung bei dem Dichter, den sie immer stärker zu ihren Seelenverwandten zu zählen bereit war. Er hatte seiner Frau Bettine um 1813 in einem Brief ein Gedicht geschickt, in dem er das *Kinderschreien, sonst die Qual der Ehen, als gutes Zeichen sich erkoren* hat.

Bettina hatte von klein auf die Neigung, Literaten oder literarische Figuren in ihr eigenes Leben oder in Vorstellungen davon einzubauen. Sie hatte Spaß daran und trieb es so weit, dass mit ihren Projektionen für sie mitunter die

Grenzen zwischen Fiktion und Realität verschwammen. Möglicherweise war das auch bei ihrem Vater so. Sie entsann sich, wie sie einmal am Biesdorfer See beim Lesen einer Erzählung von Christa Wolf über eine Passage gestutzt hatte, die ihr in abgewandelter Form als oft von ihrem Vater erzählte Familienanekdote bekannt gewesen war. Er habe bei Bettinas Geburt im Krankenhaus angerufen, und man habe ihm gesagt, dass es wieder nur ein Mädchen sei. Bettina und ihre Schwester wussten natürlich, dass ihr Vater das nur im Scherz sagte. Aber sie ahnten auch, dass es nur halb im Scherz gemeint war. Einmal reklamierte die Ältere für sich gegenüber der Jüngeren in einer absurden Unterhaltung, den Vater weniger stark enttäuscht zu haben, da er da noch auf einen Sohn als zweites Kind habe hoffen können.

Gelassener hatten die beiden die häufig von ihrem Vater gehörte Floskel „Kinder sind eine komische Erfindung" aufgenommen. Bettina musste heute noch schmunzeln, wenn sie an ihre Entdeckung des korrekten Wortlauts auf der Schallplatte „Gisela May singt Tucholsky" dachte: *Liebe kostet manche Überwindung ... / Männer sind eine komische Erfindung.*

„Väter sind eine komische Erfindung", sagte sie jetzt laut, und Henry stimmte ihr zu. Dann erzählte er von seinem Vater; beide waren sich in den letzten Jahren vor seinem Tod nähergekommen. Sie hatten sich als *Studenten der „Ästhetik des Widerstands"* mit der Lektüre gequält: Henry, weil sie sehr zähflüssig und schwer überschaubar angesichts der Personenfülle und Zeitsprünge war; der Vater, weil er auf Schritt und Tritt mit den Brüchen seiner Parteivergangenheit konfrontiert worden war. Beide aber hatten nicht davon loskommen können, zu aufregend war die Geschichte, zu erschütternd die *geschriebenen Kapitel.*

Henry sagte, dass die intensiven Gespräche seinen Vater aus der Lethargie herausgebracht und sein Schweigen aufgebrochen hätten. Es war bei aller Bedrückung doch ein optimistischer Ausblick bei ihm zu erkennen gewesen, er hatte sich auch wieder in die Parteiarbeit einbringen wollen und war darin von seinem Sohn bestärkt worden. „Es war für ihn vermutlich gut, dass er die Wende nicht erlebt hat, all die Abgründe, die sich dann auftaten", konstatierte Henry. Es zeigte sich, dass er und Bettina sich 1990 die gleichen Bücher angeschafft und mit wachsender Fassungslosigkeit verschlungen hatten. Dazu gehörten Georg Hermann Hodos' „Schauprozesse. Stalinistische Säuberungen in Osteuropa 1948-54" im Berliner *LinksDruck Verlag* ebenso wie die *Reclam*-Neuauflage von Wolfgang Leonhards „Die Revolution entläßt ihre Kinder". Für Bettina war es dann Schlag auf Schlag mit Renegaten-Literatur weitergegangen, sie hatte die Erinnerungen von Leonhards Mutter Susanne, von Margarete Buber-Neumann und Ruth von Mayenburg gelesen. Mit derselben Besessenheit wie auf die KZ-Literatur hatte sie sich jetzt zusätzlich auf die zum Gulag gestürzt – die *Sonne verfinsterte* sich dabei immer mehr. Es tat ihr gut, mit Henry über all das zu reden. Bettina fühlte sich auch an die Zeiten im Studentenwohnheim erinnert, wenn sie und einige Freunde aus ihrer Seminargruppe abends noch bei Tee, Bier oder Wein zusammengesessen und sich die Köpfe heiß geredet hatten. Sie vermisste das sehr; jetzt sah sie erfreut, dass auch Henry sichtlich auflebte. Bei allem grundsätzlichen Einvernehmen zogen sie aber doch unterschiedliche Schlüsse. Bettina konnte nur noch mit einer gehörigen Portion Fatalismus die Dinge betrachten und spürte mitunter die Sehnsucht, sich von der Welt abzuwenden.

Zu einem Schlüsselleseerlebnis war ihr schon im Studium, im Seminar zur BRD-Literatur, Alfred Anderschs „Sansibar oder der letzte Grund" geworden. Auch diesen Roman hatte sie sich 1990 als *Reclam*-Nachauflage zugelegt und führte ihn, einer alten Gewohnheit folgend, oft mit sich. Bei der Figur des *Gregor* hatte sich ihr erstmals die Sinnfrage des Widerstands gestellt. Mit den zwiespältigen Gefühlen angesichts einer Mixtur aus Edelmut, Trostlosigkeit und Verheiztwerden blickte sie nun mit ganz anderen Augen auf die *Ästhetik des Widerstands*, hörte mit anderen Ohren die Klopfzeichen an den Heizungsrohren in *Memorial*, schmuggelte sich in den *Bund für unentwegte Lebensfreude* ein, nahm an den verschiedenen Gesprächsrunden teil und beobachtete mit Beklemmung die unterschiedlichen Grüppchen, wissend, dass die meisten der jungen Leute schon bald und *jeder für sich allein* würden *sterben* müssen.

Henry hingegen ließ sich seine Zuversicht und sein Festhalten an der Revolutionsidee nicht nehmen. Es war allerdings keinerlei Revolutionsromantik, dazu war auch Henry zu ernüchtert, aber sich in einer *Schnapsdestille* zu besaufen oder der Revolution das *weiße, breite Ehebett* vorzuziehen, kam für ihn nicht in Frage.

„Du hast eben die *Weltverbesserungsleidenschaft*", sagte Bettina und fragte sich zugleich, welche Leidenschaft sie wohl habe. Revolutionsromantik und auch Liebesromantik waren es nicht, aber es gab da ein Drittes, und auch das hatte etwas mit Leidenschaft zu tun, sie ahnte es und konnte es doch nicht benennen.

Was sie beide genossen und sich jetzt gegenseitig bestätigten, war der freundschaftliche Austausch ihrer Leseerfahrungen, es war ein bisschen wie früher in ihrer gemeinsamen *Passagenlesewelt*. Bettina erzählte Henry, dass sich *der Junge* in dem *Sansibar*-Buch wegsehnte und dass *man es auf irgendeine Weise machen musste wie Huckleberry Finn*. Sie sah Henry von der Seite an, ob der sich wohl an die Story mit ihrem *Huck Finn* erinnern konnte. Bei Bettina hatte das ramponierte Buch noch immer einen Ehrenplatz; sie konnte es kaum erwarten, es gemeinsam mit Cella zu lesen. Bei diesem Gedanken fühlte sie einen kleinen Stich über *allgemeines Elternlos*, denn bestimmt wollte Cella dann längst gar nicht mehr, dass sie sich gegenseitig etwas vorlasen.

„Der Mississippi wäre das Richtige", Bettina zeigte Henry den Anfang von *Sansibar* und ergänzte: „Das passt überall, ob in einem Fischkutter in der Mellensee oder auf der Elbe oder eben auf dem Rhein, falls es mit Bonn klappt."

Inzwischen hatten sie die Räcknitzhöhe, Bettinas erstes Etappenziel, erreicht, ließen sich auf einer Bank nieder, machten sich über ihr mitgebrachtes *zweites Frühstück* her und fühlten sich dabei *ausgesprochen behaglich*.

Henry erkundigte sich nach Lutz' Vater. Den bekamen sie kaum zu Gesicht, er lebte im Ausland, hatte auch die Wohnung in der Weitlingstraße aufgegeben. Dort hatten sie ihn noch mit Baby Cella besucht. Bettina war die Atmosphäre im einst so vertrauten Lichtenberger Umfeld gespenstisch vorgekommen. Das Bahnhofsgebäude am einen Ende der Weitlingstraße hatte bei ihrer Ankunft einem *Zigeunerlager* geglichen. Lutz und Bettina hatten sich nur mit Mühe samt Kinderwagen und Gepäck einen Weg zum Ausgang bahnen können. Am anderen Ende der Weitlingstraße hatten Neonazis Wohnungen besetzt und das gesamte Viertel in Verruf gebracht. Henry erzählte von ähnlich zwiespältigen Momenten in dieser Zeit in Leipzig. Er war einmal am helllichten Tag in der Straßenbahn von mehreren Frauen umzingelt worden, sie hatten spöttisch gelacht und einen Singsang von sich gegeben, hatten ihn umtänzelt und nach seinem Rucksack gegrapscht. Henry war es gelungen, sich den Weg zur Tür freizukämpfen und die Straßenbahn zu verlassen. Ja, es seien schockierende Erfahrungen für ihn gewesen, aber längst nicht so schlimm wie jene zur selben Zeit mit den Skinheads. Da habe er mehrmals Prügel abbekommen, und als er einmal Anzeige erstattet und zwei Personen bei einer Gegenüberstellung auf dem Polizeirevier identifiziert habe, sei er denen am nächsten Tag vor der Kaufhalle wiederbegegnet und neuerlich von ihnen bedroht worden. Die Zigeuner seien nach ein paar Wochen weg gewesen, die Skins aber geblieben.

Auch die Zigeuner vom Bahnhof Lichtenberg waren relativ schnell wieder weg gewesen, bei den Neonazis hatte es etwas länger gedauert. Geblieben war der schlechte Ruf des Viertels, geblieben war die große Masse von Menschen, die zusehen mussten, wie sie ihre Familien über die Runden bringen konnten, die aber auch zugesehen hatten, ob mit Neugier, Gleichgültigkeit oder Ohnmacht, was da um sie herum passiert war. Die hatten in aller Regel mit beiden Sachen nichts am Hut gehabt, waren in ihrer Orientierungslosigkeit aber vor allem und jedem auf der Hut gewesen.

Auch in Dresden hatten sich Bettina und Lutz in jenen Monaten davor gehütet, mit ihrem behüteten Kind die Prager Straße voller Hütchenspieler entlangzulaufen. Der Anblick der auf dem Boden hockenden Frauen mit apathisch wirkenden Kindern auf dem Schoß hatte starkes Mitgefühl, aber auch Unverständnis und einen gewissen Widerwillen hervorgerufen. Einmal hatte die hungrige Bettina ihr Brötchen entzweigebrochen und einem bettelnden Kind die Hälfte *in die offene Hand* gegeben. Den enttäuschten Blick, den sie daraufhin geerntet hatte, konnte sie lange nicht vergessen. Lutz hatte sich über Bettinas Naivität gewundert; seiner Meinung nach hatte das Kind bestimmt Ärger befürchtet, wenn es kein Geld würde abliefern können. Aber auch Lutz war verstört gewesen, hatte er doch die Gestalten von der Prager Straße nicht mit den von ihm und Bettina hochgeschätzten Zigeunerbildern des *Brücke*-Malers Otto Mueller in Deckung bringen können.

Bettina hatte Christoph Heins „Horns Ende" im Kopf, wo zu Beginn *die Ankunft der Zigeuner ein jährlich wiederkehrendes Schauspiel* war, diese dann aber am Romanausgang für immer *mit ihren Wohnwagen und Pferden die Stadt verließen.* Bettina hatte das Motiv mit seinen Nuancen und Ambivalenzen im Seminar analysiert; und doch vermisste sie im Grunde ihres Herzens das quicklebendige, kesse Zigeunermädchen *Unku.*

Den unbeschwerten Zugang zu diesen Dingen konnte sie sich über das Vorlesen mit ihren eigenen Kindern wieder zurückholen. Ganz ähnlich verhielt es sich mit ihrem *Wunsch, Indianer zu werden.* Bettina hoffte sehr, dass auch ihre Kinder einmal solch Begeisterung für *Die Söhne der Großen Bärin* haben würden wie sie und Henry seinerzeit. Das war schließlich die Grundlage, auch fürs spätere Hinterfragen. Sie war erleichtert, dass Henry dies genauso sah. Zugleich dachte sie mit Wehmut an den möglichen Fortzug aus Dresden. Dann könnte sie mit den Kindern nicht so einfach das Radebeuler *Indianermuseum* besuchen. Es würde überhaupt schwierig sein, ihnen all das zu vermitteln, was Bettina an ihrer Sehnsuchtsstadt fesselte. Sie hatte es sich so schön vorgestellt, wie Cäcilia gemeinsam mit dem Wiederaufbau der Frauenkirche wachsen würde. Diese hätte dann für Cella die Funktion jener Bärenfigur im Tierpark für Bettina. Ihre Kinder würden wie einst Bettina und ihre Schwester um die Wette nach dem *Napoleonstein* vor der Hofkirche und dem Daumenabdruck Augusts des Starken im Geländer der *Brühlschen Terrasse* suchen.

Aber, schüttelte Bettina die trüben Gedanken ab, Dresden würde immer eine Option bleiben: *Wenn man so gar nicht mehr weiß, wo man hinsoll, fährt man natürlich nach Dresden.*

Entschlossen stand sie von der Bank auf, die Zweitfrühstückspause war beendet. Bettina und Henry liefen hinüber zu dem Denkmal unter den drei hohen Eichen. Auf den Napoleon-Rivalen Jean-Victor Moreau, der in der Schlacht von Dresden in russischen Diensten gestanden hatte und dem hier auf der Räcknitzhöhe von einer Kanonenkugel beide Beine zerschmettert worden waren, war Bettina durch Klabund gestoßen. Der hatte 1915 in seinem expressionistischen Kurzroman „Moreau. Roman eines Soldaten" eine Sache virtuos gestaltet, die sich für Bettina nicht nur mit den ihr wichtigsten expressionistischen Dichtern verband, sondern auch mit ihrem eigenen Denken und Fühlen und die sie eines Tages erst wissenschaftlich, dann literarisch verarbeiten wollte: das Sich-Berühren verschiedener Zeiten und das zwar nicht unbekümmerte, aber unkomplizierte Bewegen des Autors in diesen unterschiedlichen Zeitläuften und Raumsphären, als Zeitgenosse verschiedener historischer, literarischer, auch mythologischer Gestalten.

Davon sagte Bettina jetzt nichts, das kam ihr alles selbst noch viel zu unausgegoren vor, und sie wollte deswegen nicht wieder in leichte Panikstimmung wie am gestrigen Abend im *Heili* geraten. Henry gegenüber verwies sie lediglich auf Moreau als ein Paradebeispiel für die Verwirrung um Begriffe wie Vaterland, Patriotismus und Heimat. Bettina hatte nicht vor, mit Henry über die Befreiungskriege und die verschiedenen Bündniskonstellationen und deren komplizierte Folgen für die Deutschen zu diskutieren. Ihr ging es um etwas anderes: Sie würden jetzt im zweiten Teil ihrer Wanderung über einige Dörfer nach Leubnitz zurückgehen, die zu den 1813er Schlachtgefilden gezählt haben. Das grauenhafte Gemetzel hatte im Dichter E. T. A. Hoffmann während seines Dresdner Aufenthalts zur selben Zeit seine V*ision auf dem Schlachtfelde von Dresden* aufsteigen lassen.

Das unermessliche Elend auf allen Seiten fügte sich ein in einen schier endlosen Kreislauf der Gewalt seit Menschengedenken. Ob das 1813er Abschiedsgedicht von Theodor Körner – *Ich fühl's an meines Herzens mattem Schlage, / Hier steh ich an den Marken meiner Tage* –, ob das 1914er von Alfred Lichtenstein – *Vorm Sterben ma-*

che ich noch mein Gedicht. / Still, Kameraden, stört mich nicht –, dazu die Toten auf dem sowjetischen Soldatenfriedhof in der Schönholzer Heide oder die auf dem Soldatenfriedhof in Bayreuth, wo Lutz' Opa sein Grab hat, oder das *milde Massengrab* auf dem *Südfriedhof* für die Leipziger Bombenopfer, darunter Bettinas Urgroßeltern, oder auch der Tod des jugendlichen Partisans Wolodja Dubinin oder der von *Hans Beimler, Kamerad*, wie der aller *guten Kameraden* – diese Mischung aus Impetus und Verzweiflung und nicht zuletzt auch hier dem Verheiztwerden fand Bettina in dem Gedicht „Das sterbende Europa" eines ihrer Expressionisten gebündelt. Diese Verse von Albert Ehrenstein hatten es ihr angetan, sie bekam sie nicht mehr aus dem Kopf heraus, in ihnen steckte alles drin, und sie waren zugleich so gründlich misszuverstehen:

Das Land blüht auf in Wiese, Lichthain
– Aber Abel tötet den Kain,
Goliath tötet den David,
Nestor tötet den Memnon,
Christus tötet den Judas,
Jeder tötet den Menschen.

Das Gedicht schien sie *in einen anderen Menschen verwandelt* zu haben, so, wie sie es einmal von Johannes R. Becher über den Eindruck von Jakob van Hoddis' *Weltende* auf seine expressionistischen Dichterfreunde gelesen hatte.

Sie sagte Henry Ehrensteins Verse auf und *blickte forschend zu ihm hin*. Wie sie es befürchtet hatte, sah Henry hier allein eine Relativierung von Schuld und teilte nicht Bettinas Ansicht, dass gerade durch die Umkehrung der tradierten Schuldzuweisungen der sich permanent wiederholende Kreislauf der Gewalt in seinem ganzen Ausmaß verdeutlicht werde.

Henry wiegte bedenklich den Kopf, Schuld und Unschuld müssten klar analysiert und eindeutig benannt werden. Sonst würden Tür und Tor fürs Umschlagen von Patriotismus in Nationalismus geöffnet, siehe dort drüben – Henry wies auf den Bismarckturm. Jetzt war es an Bettina, den Kopf zu wiegen, auch hier lagen die Dinge komplizierter, aber es stimmte schon, was im *letzten Fontane* der Autor seinen Dubslav zur *Waffenbrüderschaft von anno 13* sagen lässt: *Das war doch unsere größte Zeit, größer als die jetzt.*

Auch E. T. A. Hoffmann hatte seine Schreckensvision mit dem Ausblick auf die *Söhne der Götter: – Alexander und Friedrich Wilhelm!* ausklingen lassen.

Bettina war voller Zweifel angesichts der Frage nach einer möglichen Instrumentalisierung beim Berühren der Zeiten. Wo fing das an, wo hörte das auf, und wie war dies in Worte zu fassen, in *Geisteswerke*, die *kein dauerndes, äußeres Zeichen tragen*, gar nicht über jeden Zweifel erhaben sein können, vielmehr *in sich den Zweifel dulden müssen*? Solchen Gedankengängen war sie bei Arnim begegnet und hatte sich mit ihren eigenen Schreibproblemen darin wiedergefunden. Sie hatte jetzt mit dem Computer beziehungsweise zuvor mit der *Erika zurechtzukommen*, wie seinerzeit Arnim mit der *Schreibfeder, mit der trägen Pflugschar des Dichters.*

Was aber war mit Henrys Schreiben, wurde er als Journalist denn nie von Selbstzweifeln geplagt? „Natürlich", gab Henry zu. „Aber", sagte er auflachend, „ich werfe dann ein Tintenfass an die Wand." Auch Bettina musste lachen, war *dieses* Wartburgfest nicht tatsächlich die beste Lösung auch für sie, statt beim *Schlummer der zwei ins bittere Tintenfass des Todes gefallenen Fliegen* zu verzagen? So hatte Albert Ehrenstein seine Schreibkrise in der genialen Erzählung „Tubutsch" illustriert. Er hatte dort aber zugleich der reiseunlustigen Bettina eine Reiserichtung aufgezeigt, die auch sie schreibend einzuschlagen gedachte: *Wenn schon, dann aber in die Zeit.* Bettina kam in den Sinn, wie sie mit ihren zehn Freunden auf dem Stadtplan West-Berlins herumgesucht hatte und auf den witzigen Namen *Luitpoldstraße* gestoßen war. Inzwischen wusste sie, dass dort zu verschiedenen Zeiten für sie spannende Literaten gewohnt haben. Was, wenn sie diese treffen könnte? Mit Hans Fallada wäre darunter sogar einer, der danach in der Leipziger Schenkendorfstraße gelebt hat. Selbst jemand, der weniger Veranlagung zu Projektionen und Hirngespinsten hatte als Bettina, musste doch angesichts dieser Verbindungen hellhörig werden. Bettina hatte nur noch den Dreh herauszufinden, wie sie die Zeitreise technisch bewerkstelligen sollte, eine Zeitmaschine wie im *Schwitzbad* fände sie zu wenig originell und auch zu kompliziert. Sie musste sich vor allem mehr zum Schreiben disziplinieren, durfte nicht ständig abschweifen und sich auch nicht durch äußere Faktoren beirren lassen.

Zum Schreiben retirieren, *für einen Augenblick austreten dürfen.* E. T. A. Hoffmann war das mit seinem *Goldnen Topf* gelungen, zumindest vorübergehend und als Ausblick für *Anselmus*, in das Reich der Poesie zu gelangen. *Ein Zeitchen lang* funktionierte dies auch für Strittmatter im *Grünen Juni.* Die 1943 auf der griechischen Insel Ios spielende eingelegte *Gruselgeschichte* kommt zunächst als Idylle daher, das Schlachtengetümmel scheint ausgeblendet. Man kann sich aber nicht auf Dauer *abseits* halten, in die *Luft voller Lerchenlaut dringt* dann doch der *Klang der aufgeregten Zeit.*

Auch für Tucholsky bedeutete sein *Schloß Gripsholm* nur eine begrenzte Auszeit, das *Schmettern der Trompeten* war stärker als das *still sinnende Schreiten an des Baches Rand.*

Es hatte sich zum wiederholten Male als Irrglaube erwiesen, *der Zeit entrinnen zu können. Man kann das nicht, sie kommt nach.*

Und heute?, dachte Bettina beklommen. Ihr kam der *Keimzeit*-Song in den Sinn, den sie als einzigen von Henrys Kassette schon gekannt hatte, weil er oft im Radio gespielt wurde: *Selber schuld daran, wer die Zeichen der Zeit nicht erkennt.*

Irre ins Irrenhaus, hieß es zuvor, und Bettina hatte den Gedanken durchgespielt, ob dort womöglich eine kreative Sphäre zum Schreiben gegeben wäre, eine tatsächliche Abschottung von der äußeren Welt.

Sie hatte sich für eine andere Option entschieden, sie wollte keine *Frau ohne Schatten* sein, wollte *auch die Last haben, nicht nur die Freude*. War das ein *Spießerwunsch*? Bettina wusste es nicht.

Aber was war mit Henry, hatte der einen Schatten? Was hielt ihn hier, im von ihm ungeliebten Sachsen? War er es nicht, der immer von Fernweh geplagt worden war? Ihr fiel ein Song von *Pension Volkmann* ein: *Satt zu essen / und 'n Ausweis in der Tasche, der was gilt. / Satt zu essen / und 'ne Heimat, die dich nie für Fernweh schilt.*

Warum stiefelte Henry nicht einfach los, mit Siebenmeilenstiefeln und mit der Botanisierkapsel seines Vaters und Großvaters?

Bettina fragte Henry, ob er die Geschichte von Peter Schlemihl kannte, und erzählte ihm von seinem Autor Chamisso, einem der *Serapionsbrüder* E. T. A. Hoffmanns. Der hatte lange Jahre in der preußischen Armee gedient, dann aber die Befreiungskriege auch aufgrund seiner französischen Herkunft skeptisch beurteilt. Er hatte sich von Mai bis Oktober 1813 auf einem Gut im Oderbruch aufgehalten, dort ein großes Herbarium angelegt und den *Schlemihl* geschrieben. Später hatte er eine mehrjährige Weltumsegelung mitgemacht und große Anerkennung als Botaniker erfahren.

Bettina dagegen würde zur Reisenden wider Willen werden. Sie spürte kein Fernweh. Aber wenn es denn sein sollte, war, mit Blick auf das „Lied vom alten Hildebrandt", *zu reisen* natürlich immer noch besser als *zu fechten.*

Die *Heimefahrt* gestaltete sich freilich für den alten Waffenmeister sehr bitter. Bettina hatte erst im Studium vom vermutlichen Ausgang des Kampfs zwischen Vater und Sohn erfahren, in ihrem heißgeliebten kleinen Band *Deutscher Heldensagen* hatte es ein glückliches Ende gegeben, und Bettina war für ihr Kind-Ich froh darum; sie musste beim kindgemäßen Zugang gleich wieder an das Zigeunermädchen *Unku* und den Indianerjungen *Harka* denken.

Hildebrandts Frage „*Sollt ich daheime bleiben?*" würde Bettina schon vom Ort her vor ein Problem stellen. Heute fiele ihr zwar als Erstes Dresden ein, doch mitunter spürte sie Heimweh nach der Mellensee.

Bettina und Henry kamen durch Altmockritz und Gostritz und gelangten auf die Friebelstraße, die zum Klosterteichplatz führte. Sie suchten nach einer Abkürzung zum *Heiligen Born* hinunter. Rechts hieß eine Straße Am Fuchsberg.

Bettina erinnerte sich, gehört zu haben, dass es dort, wo viele Jahre später ihr *Hans-Loch-Viertel* errichtet worden war, Sanddünen mit dem Namen *Fuchsberge* gegeben habe. Sie erzählte Henry, dass sie manchmal mit Wehmut an ihr Neubaugebiet zurückdenke. Lutz könne das nicht verstehen, für ihn käme ein Leben *in der Platte* nie in Frage. Auch Henry konnte Bettinas Nostalgie nicht nachvollziehen. Er habe von dort, seit er denken könne, fortziehen wollen. Bettina fragte sich, ob denn nur für sie *der Jugend Zauber für und für auf der grauen* Mellensee *ruhte* und worin genau er bestand. Da war die Passage, die enge Verbindung von Bibliothek und Schachverein, selbst dem Bohnerwachsgeruch des langen Flurs zwischen beiden Räumlichkeiten trauerte sie hinterher, denn auch *in der Nase wohnte die Erinnerung.*

Und dann war da ihr Fischkutter: *Wenn ich nur dort hinüber könnte.* Es war zwar keine *Insel der Schwäne*, vor der ihr Boot vor Anker gegangen war, sondern der Bahndamm mit den Güterzügen, aber sie hatten sich dort nicht als *verlorene Kinder* gefühlt, sondern waren zu großen Abenteuern aufgebrochen. Ja, erinnerte sich jetzt Henry: „Ins Taurerland!"

Sie hatten mittlerweile den *Heiligen Born* durchquert und setzten sich zu einer kurzen Rast auf die Treppenstufen der *Kuhberge*, ehe es hinauf zur Koloniestraße ging.

Bettina hatte wieder ihr Reclambüchlein hervorgeholt und dazu eines ihrer Gedichthefte, diesmal mit Versen von Theodor Däubler. Sie hatte die *Sansibar*-Stelle rasch gefunden und zeigte nun Henry, dass auch *Gregor* ins *Taurerland* gelangt war. Er war von seinen Genossen dorthin zur Schulung geschickt worden, und mit einem intensiven Naturerlebnis während eines Manövers der Roten Armee begann für Gregor der Abfall vom Glauben an die Sache.

Iphigenie hingegen war zuerst vorm Opfertod gerettet und dann nach *Tauris* entführt worden. Von Heimweh geplagt, ward ihr der *Taurer-Strand* zum *Trauerland*.

Nach Trojas Fall – *Verrauchte Ilion, nach zerhauchtem Brand* – und allerlei Gemetzel zu Hause – *Als ob sein Fächeln Hellas Ruhe böte* – waren es schließlich die engen Freunde Orest und Pylades, die ein Orakelspruch *bis zum Scythenlande* und letztlich zum Happy End führte.

Sogar in Dresden war anno 1813, nur wenige Tage vor der Schlacht, eine *Iphigenie* aufgeführt worden, nämlich die von *Ritter Gluck.*

Orest und Pylades – in *Freundschaftsleidenschaft* verbunden, so formuliert es der alte Dubslav an einer Stelle und spricht im gleichen Atemzug von *Weltverbesserungsleidenschaft.* Diese hatte Bettina heute schon einmal auf Henry übertragen. Nachdenklich schaute sie ihren Freund an. Sie glaubte, dass sich bei ihm nicht beides miteinander verbinden konnte, vielleicht sogar einander ausschloss. Der Weltverbesserer Henry würde Heldentum immer über Freundschaft stellen. Bettina war in einem *Frühlingskranzbrief* ihrer Namensvetterin auf Worte gestoßen, die ihr maßgeschneidert auf Henry zu passen schienen: „Held sein ist nicht befreundet sein, Selbstsein ist Held sein; das will ich sein." Und *Bettine* hatte dann sogar noch hinzugefügt: „Freundschaft ist Brudermord."

Henry, der noch immer an Siege und an das *Reifen von Blütenträumen* glaubte, würde Bettina, die *Siege* zwar nicht *hasste*, aber ihnen längst misstraute, nicht verstehen können. Sie ihrerseits *verstand* ja selbst nicht; ihre Gedanken rotierten ständig um die Frage von Verstehen und Nichtverstehen. Seit Kafkas *Brudermord* und seinen anderen *Prometheus*-Texten wusste sie, dass es sich hierbei um ein prometheisches Kreisen handelte, um ein *Suchen nach dem Wahrheitsgrund*. Der Rebell Prometheus, zu dem sie über Fühmanns Jugendbuch und Goethes Ode Zugang gefunden hatte, war einem *hypermodernen Prometheus* gewichen, und Bettina war gewillt, dies wissenschaftlich zu *ergründen* und literarisch *auszuschreiben*. Sie konnte *ihren Prometheus* nicht *stecken lassen*. Ihr mochte es an *Courage* fehlen, aber *Ausdauer* hatte sie.

Sie ahnte, dass sie dabei Gefahr laufen würde, den Boden unter den Füßen zu verlieren, aber sie kannte auch das Mittel zur Bodenhaftung: *Das Haar muß geschnitten werden ...*

Sie hatte damals im Fischkutter in der Mellensee eine Vorstellung davon bekommen, was sich hinter diesem Sisyphos-Verständnis verbirgt, wobei Heinz Kahlaus Gedicht lediglich der Ausgangspunkt war. Viel tiefer eingedrungen in die Materie war sie dann während des Studiums dank jenem engagierten Dozenten für DDR-Literatur.

Ob Camus' oder der *ostdeutsche Sisyphos* – beide einte ein Nicht-Resignieren, ein trotziges Akzeptieren eines illusionslosen, absurden menschlichen Schicksals. Anders als das in dieser Deutung mythologische Pendant war der Prometheus in Bettinas hypermoderner Auslegung zwar viel facettenreicher, aber eben auch gefährdeter. Man *musste sich ihren Prometheus als einen unglücklichen Menschen vorstellen*: Er war der Resignierte und drohte an seiner Verzweiflung zugrunde zu gehen, er bräuchte etwas von der dem Sisyphos eigenen *Zuversicht trotz Ernüchterung*. Bettina hätte sich gern mit ihrem Dozenten darüber ausgetauscht und trauerte dieser verpassten Gelegenheit hinterher. Es waren nur wenige Jahre vergangen, und doch schien inzwischen eine Welt versunken. Vielleicht sollte sie ihm einen Brief schreiben, wie sie damals als Kind an Fühmann geschrieben hatte?

„Wo bist du schon wieder mit deinen Gedanken?", hörte sie Henry fragen. Er schien besorgt, ob sich Bettina mit dem Weg nicht zu viel zugemutet hatte. Das war dann auch das Erste, was Lutz zu Hause äußerte. Er bestand darauf, dass Bettina sich etwas hinlegte, bevor sie zum Abschiedsabend im *Goldenen Stiefel* gehen würden. Bettina war es recht, umso mehr nach einem beruhigenden Telefonat mit Cella, die gut mit den Eltern in der Mellensee eingetroffen war.

Im *Goldenen Stiefel* saß es sich an diesem milden Juniabend wunderschön. Sie genossen die *Fernsicht* auf *die blauen Berge*, die leider immer mehr durch neu gebaute Häuser *geschlossen wurde*.

Bettina und Lutz erzählten von ihren Tagesausflügen in die Sächsische Schweiz. Es war alles so bequem mit dem Zug, man musste nur hinunter zum Bahnhof Strehlen. Aber auch das *Erzgebirge mit seinen Spielzeugstädten, Wäldern und Bergwiesen* war ihnen in den vergangenen Jahren mehr und mehr ans Herz gewachsen. Das Schöne lag so nah, auch nach der *Wende* verspürte Bettina keine Fernreiselust, schon gar nicht mit ihrem Baby; *andere Leute fuhren in die Südsee*, sie stellte den Kinderwagen im blühenden Garten auf der Leubnitzer Höhe ab, breitete eine Decke auf der Wiese aus, las ohne Ende – und war glücklich.

Bettinas Blick fiel auf das Wahrzeichen des Lokals, und sie musste wieder auf die Siebenmeilenstiefel und Chamisso zurückkommen. Sie konnte nicht anders, es war nun mal ihr Thema, das von ihnen dreien, so schien es ihr. Sie erzählte Henry, dass Chamisso nach seinen Wanderfahrten dann doch heimgefunden hatte. Er hatte *sich zuletzt wieder nach seinem Vaterlande gesehnt* und ein bürgerliches Familienleben dem *unruhigen Vagabundieren* vorgezogen.

Der *Schlemihl-Chamisso* hatte so seinen Schatten wiedergefunden. Das war nicht langweilig – *Nur ewige Bohemiens finden das langweilig* –, zumal man innerlich ein Bohemien und Außenseiter bleiben konnte. Bettina hatte derartige Überlegungen in Essays von Thomas Mann gelesen, und diese, wie auch die zum *Heimweh-Dichter* Theodor Storm, hatte sie in sich aufgesogen und mancherlei von sich selbst darin wiederzuerkennen vermeint.

Auch in ihr brodelte es, gerade deshalb brauchte sie ein äußerlich in ruhigen Bahnen verlaufendes Leben. Ihre Rastlosigkeit zeigte sich in einem *Herumstromern* in Büchern. Sie war im Leben ein Bürger, im Lesen aber ein Bohemien. Beide Sphären bedingten einander. Sie vermochte weder die eine noch die andere zu lassen und stand zu beiden. Sie wusste nur nicht, wohin in diesem Gerüst ihr eigenes Schreiben gehörte, und ihr schwante, es *tauge nichts* wegen dieser Vagheit.

Sie beobachtete nachdenklich ihre zwei alten Freunde. Lutz und sie hatten beide das *Talent zur Freundschaft*, und sie war sehr froh darüber. Aber sie hatten beide nicht die *Freundschaftsleidenschaft*, auch Henry hatte sie nicht, er hatte nur die *Weltverbesserungsleidenschaft*. Bettina merkte, wie sich ihre Gedanken im Kreis drehten, sie hatte das alles heute, und nicht erst heute, sondern schon mehrfach gedacht.

Sie ahnte, was ihre Gefühle in Verwirrung brächte, was ihre Leidenschaft wäre, und vermochte es nun auch zu benennen: die *Brieffreundschaftsleidenschaft.*

Diese teilten weder Henry noch Lutz mit ihr; sie waren keine *richtigen* Briefeschreiber und auch nicht die *richtigen* Adressaten für Bettinas Briefe.

Auf ein *Asyl der Freundschaft*, wie es E. T. A. Hoffmann im Briefwechsel mit seinem Freund Hippel gefunden hatte, würde sie wohl vergebens hoffen.

Der Abend war schon weit fortgeschritten, als die drei sich auf den Heimweg machten. Der beschwipste Lutz wurde in die Mitte genommen. So ging das Freundesdreigestirn durch das Straßendreigestirn, benannt nach Thomas Mann, Theodor Storm und Heinrich Heine. Einmal blieb Lutz stehen und sagte an Henry gewandt: „*Ich habe das große Los gezogen, du weißt es ja.*"

Sie hatten alle drei das große Los gezogen, und Bettina fühlte sich in diesem Moment glücklich und unbeschwert, sie wollte keinen von beiden jemals missen. Aber sie wäre nicht Bettina, wenn sich nicht ein melancholischer Zug in *ihre Ode an die Freude* gemischt hätte. Dieser Moment würde fortan zu ihren Heimweh-Momenten gehören – *Wenn ich's vor Heimweh nicht mehr aushielt* –, und sie ahnte, dass er nicht wiederkehren und nur in der Erinnerung da sein würde: „*Vielleicht wird's nie wieder so schön.*"

Bettina

„Heinrich, Heinrich! Was tatet Ihr mir an?"

Bettina schreckte hoch, ihr *Liliput* spielte den *Tannhäuser* in Dauerschleife und war gerade wieder bei Elisabeth und Heinrich angelangt.

Bettina blickte auf das Schachbrett vor ihr, gegenüber saß kein Henry mehr. Sie hatten seit vielen Jahren keinen Kontakt. Henry war aus ihrem Leben *weggegangen*, nicht abrupt, es war mehr ein Herausschleichen: Sie hatte *Briefe hinterher geschrieben – –*

Nicht dass man sich nicht sieht, ist das Unglück, dachte Bettina, sondern dass man sich nicht schreibt.

Sie konnte ihm immerhin auf *Twitter* folgen und wusste daher, dass er Sachsen – oder ‚Sucksen', wie er dort einmal zu Bettinas großem Befremden geschrieben hatte – doch nicht verlassen hat. Vor einigen Monaten, im Januar, war Bettina ins Grübeln gekommen, ob sie Henry damals das Sühnekreuz in Leubnitz-Neuostra gezeigt und die Messerstecherei-Geschichte dazu erzählt hatte. Sie konnte sich nur noch ihrer Unterhaltung über den immerwährenden Kreislauf der Gewalt entsinnen.

Sie hatten einander nicht verstanden, das Gespräch auch nie fortgeführt. So war Bettina bei ihren Zweifeln und Henry offenbar bei seinen Gewissheiten geblieben: *Nur im Vergangnen waren wir uns einig. / Was kommen würde, würde uns entzwein.*

Bettina stieß versehentlich an den Tisch, woraufhin einige Schachsteine umkippten. „*J'adoube*", sagte sie und musste dabei lächeln, dann *legte* sie ihren *König auf die Seite*: „Ich gebe auf."

Sie begann die Figuren einzuräumen und zählte sie dabei nach, was im Bildschirmlicht *Liliputs* gar nicht so einfach war. Wieder schmunzelte sie, denn eine Figur fehlte, sie musste unter das Sofa gerollt sein; bestimmt war es der *Springer* mit dem abgebrochenen Ohr.

Es war bezeichnend, dass Bettina in dieser Situation an groteske Schachspielszenen und absurde Schachpartien dachte, also mit „Der Meister und Margarita" an eines ihrer prägendsten Bücher aus der Oberschulzeit und mit „Murphy" an einen ihrer inspirierenden 1990er *Reclambände*.

Bettina ließ sich auf die Knie nieder und tappte im Dunkeln mit ihren Fingern zwischen den Staubflusen nach der verlorenen Figur. Endlich wurde sie fündig, es war ein *schwarzer Turm*.

Wieder baute sie dies sogleich in ihr persönliches Projektionsschema ein, und ihre Gedanken verirrten sich in ein anderes Buch. Bettina hätte daher jetzt den Turm fast in ihre Tasche gesteckt, um *Traum und Realität auseinanderzuhalten*. In jenem Buch hatten *Taschenschachspiele* als Instrument gedient, um in der Zeit und auch in den eigenen Erinnerungen herumzureisen.

Bettina nahm ihr Glas in die Hand und trank etwas vom Wein, während sie weiter nachsann.

War nicht etwas Ähnliches soeben wieder passiert, diesmal mit einem ganz normalen Allerweltsschachspiel? In ihrer *Seele hatte sich Erlebtes mit Gelesenem und Gehörtem vermischt*, ihre *eignen unbedeutenden Lebensereignisse unter den stillen Einflüssen der Erinnerungen* hatte sie mit dem verquickt, worum es ihr schon zeitlebens gegangen war: mit der Sehnsucht nach dem eigenen Schreiben.

Schach jedenfalls hatte als Wettkampfspiel für Bettina völlig an Bedeutung verloren. Sie war zu ihm als *Zeitkürzungsspiel* heimgekehrt. Sie konnte wieder unbeschwert mit ihrem Vater hin und wieder eine Partie Schach spielen, ganz so, wie wenn sie mit Tochter und Sohn zur Skatrunde zusammenkam.

So, wie sie auch durch Museen und Galerien streifen oder klassische Musik hören konnte. Sie hatte, in Anlehnung an ihren Lateinunterricht in der EOS, in den vergangenen Jahren eine wehmütige Sympathie für Bildungsgut ohne Bildungsballast entwickelt. Ihre Lieblingsszene in „Die Legende von Paul und Paula" war neuerdings ausgerechnet diejenige, die sie beim ersten Sehen recht langatmig gefunden hatte: die Konzertszene im *Volkspark Friedrichshain*, als die ‚bildungsferne' Paula zwar ständig zwischen den Sätzen klatscht, aber man ihr am stärksten und unmittelbarsten die Wirkung der Musik anmerkt.

Kügelgens „Jugenderinnerungen eines alten Mannes" aus dem Dresdner Bücherschrank ihres Opas hatten das Kind Bettina wegen des Mordgrusels um Malervater Gerhard interessiert. Jetzt, als älteres Semester, las Bettina sie als Dokument einer untergegangenen Welt. Kügelgen, der auch ein passionierter Schachspieler gewesen war und einen Provinzklub gegründet hatte, verkörperte für sie in gewisser Weise das Vorbild eines Bildungsbürgertums, für das auch ihr Opa stand: vielleicht manchmal etwas angestaubt oder antiquiert, aber doch die Grundlage für Weiteres liefernd. Heutzutage musste man mitunter den Eindruck gewinnen, Bildungsbürger sei ein Schimpfwort, *Kleinbürger* natürlich sowieso, das war schon zu *Fabians* Zeiten *das größte Schimpfwort* gewesen.

Bettina spürte in sich seit einiger Zeit einen tiefsitzenden Groll. Es war nicht wie früher, in ihren jungen Jahren, als sie sich zwar ständig gegängelt, aber doch auch in einer Aufbruchstimmung gefühlt hatte. Es war nicht nur Ernüchterung, sondern eher schon Resignation. War etwa bei ihr *die Erinnerung an die Stelle der Hoffnung* getreten? Nein, sie hatte noch *Kraft*, wenn auch nicht mehr die *ihrer Jugend*, und diese durfte sie jetzt nicht vergeuden. Bettina hatte die *Windrose in ihrem Kompass verloren,* und mitunter schien *in ihrem Kopf Chaos* zu herrschen, aber sie würde sich – wenn auch nicht mit ‚Haltung‘, sondern mit ‚Anstand‘ – als *Zaungast im Welttheater* in die melancholische Welt ihrer Bücher zurückziehen.

Wenigstens hatte sie *schwimmen gelernt*, dachte Bettina. „Ueber das Schwimmen" und das dadurch entwickelte *Vergnügen und die Lust* kam Bettina auf dem *Salzwasser*-Umweg zu der Frage, ob denn ihre alte und von klein auf obsessiv ausgelebte Liebe zum Lesen wirklich ihre *erste Liebe* gewesen sei. Wenn man es genau nahm, war es die zweite, denn noch bevor sie *das Reich der Buchstaben entdeckt und erobert hatte mit ihrem zweiten Paar Augen*, hatte sie, auf dem Schoß ihres Vaters sitzend, auf die Tasten seiner Schreibmaschine gehämmert und *Mondsprache* geschaffen.

Ihre Liebe zum Lesen war nie Quälerei gewesen. Lesen war wie Atmen, Bücher waren Lebensmittel. Wenn aber Liebe auch Quälerei, Zurückweisung, Selbstzweifel, dann auch Erfüllung und dann wieder Zweifel bedeutet: dann verdiente ihr eigenes Schreiben diese Bezeichnung. Die stürmische *Erste Liebe*-Leidenschaft von *Woldemar Petrowitsch* und auch die von *Mischa Petrowitsch* war bei Bettina eine des Schreibens. Ihre Hoffnung auf ein Ausleben ihrer *Brieffreundschaftsleidenschaft* hatte sich bislang nicht erfüllt. Aber nach dem Schreiben an sich verspürte sie jetzt großes Heimweh.

Ein solches plagte sie freilich generell: *Mutter, ich will in die Heimat, / Nimm mich in deinen Schoß.*

Bettina rollten einige Tränen über die Wangen, sie versuchte, sich ihr Sehnsuchtsbild aus der Toilettenkabine im Ferienlager in Erinnerung zu rufen. Aber es funktionierte nicht, weil ein Platz am Abendbrottisch leer blieb: *Am Tisch wars schöner, saßen wir zu viert.*

Bettina hörte, wie unten die Haustür geöffnet wurde. Wenig später erschien Lutz auf der Treppe und drückte den Lichtschalter.

Auf seine Frage hin sagte Bettina, sie habe sich an eine Geschichte erinnert und sei darüber ins Träumen geraten. „Deinem Gesicht nach zu urteilen, muss es eine unglückliche Liebesgeschichte gewesen sein." Bettina antwortete: „Eher ein Künstlerroman."

Sie führte das Glas an den Mund und *schluckte den salzigen Wein.*

Anhang

1. Anspielungen auf Theodor Storms „Immensee"

9 *langsam hinauf* [...] *eine Wand mit Bücherschränken bedeckt* – „Der Alte" (Anfang).

„*Noch kein Licht!*" – „Der Alte" (Anfang).

11 „*Nach Indien, nach Indien!*" – „Die Kinder".

13 *Dann vertiefte er sich in Studien, an denen er einst die Kraft seiner Jugend geübt hatte* – „Der Alte" (Schluss).

14 *sagte* [...] *leise; und wie sie das Wort gesprochen, war die Zeit verwandelt* – „Der Alte" (Anfang).

17 *sie war ihm oft zu still, er war ihr oft zu heftig* – „Im Walde".

„*Ach, das weiß ich ja auswendig; du musst auch nicht immer dasselbe erzählen.*" *Da musste* [...] *stecken lassen. Und stattdessen erzählte sie die Geschichte von* – „Die Kinder".

18 *aufmerksam zugehört* [...] *nichts daraus werden* [...] *keine Courage* – „Die Kinder".

20 *Botanisierkapsel* – „Daheim".

24 *Eifer auf sich zu lenken* [...] *Es wurde nicht bemerkt* – „Im Walde".

31 *kam in eine andere Schule* – „Im Walde".

38 *Dabei wandelte sie oft die Lust an, etwas von ihren eigenen Gedanken hineinzudichten; aber, sie wusste nicht weshalb, sie konnte immer nicht dazu gelangen* – „Im Walde".

46 *jedes Mal eine ganze Stunde* [...] *in schwarzer Kreide* [...] *recht zuwider* [...] *der fremde Mensch* [...] *so auswendig lernte* – „Da stand das Kind am Wege".

54 *Es war im Juni* [...] *Erdbeerenschlag* [...] *Erdbeerensuchen* – „Im Walde".

55 *über ihren Köpfen von Ast zu Ast sprang* [...] *vor ihnen ein kleiner Bach* [...] *jenseits der Wald* [...] *So ging der Tag hin* – „Im Walde".

56 *vom Grunde herauf* [...] *wie in einem Netze* [...] *das unbekannte Wasser* [...] *schwarz* [...] *unheimlich* [...] *fremden Elemente* [...] *mit Gewalt* [...] *Gestrick* [...] *in atemloser Hast* – „Meine Mutter hat's gewollt".

Hänfling – „Daheim".

58 *alles Wunderbare ihres aufgehenden Lebens* – „Im Walde".

65f. *verklagt* [...] *mehr zu tun habe als solche Kindereien* [...] *wohl anders* – „Da stand das Kind am Wege".

war es, als träte etwas Fremdes zwischen sie [...] *zusammensaßen* [...] *entstanden Pausen, die beiden peinlich waren.* [...] *Denen suchte sie dann ängstlich zuvorzukommen* [...] *sah sie staunend an. Er verstand sie nicht.* „*Du bist so sonderbar* [...] *sprachen gestern Abend noch lange über dich.* [...] *gegen meine Mutter verteidigt.*" [...] *Botanik* [...] *angelegentlich beschäftigt* [...] *grüne Botanisierkapsel* [...] *ein Geheimnis, ein schönes* – „Daheim".

67 *obgleich* [...] *Veranlassung* – „Im Walde".

es erfahren – „Daheim".

80 *ihre Hand auf dem Rande des Kahnes ruhen* [...] *vorbei in die Ferne* – „Elisabeth".

81 *heimelte* [...] *an* – „Da stand das Kind am Wege".

83 *Geh! Du taugst nichts* – „Da stand das Kind am Wege".

95f. *am alten Eichentisch zusammensaß* [...] *legte ihre Wange in die flache Hand* [...] *In einem Winkel* [...] *und schienen teilnahmslos vor sich hinzusehen* [...] *Draußen auf der Straße war es tiefe Dämmerung* [...] *eine dunkle Gestalt schwankte* [...] *trat aus dem Häuserschatten und ging dann rasch vorüber* [...] *überfiel unerbittliches Heimweh* – „Da stand das Kind am Wege".

96f. *zwei Jahren* [...] *Geheimnis* – „Daheim".

Sie wäre fast verirret und wusste nicht hinaus. Da stand das Kind am Wege und winkte sie nach Haus – „Da stand das Kind am Wege".

98 *tappte sie nach einem Bleistift* – „Elisabeth".

setzte sich hin und schrieb und schrieb die ganze Nacht – „Da stand das Kind am Wege".

wohl erstan weh tun [...] *sonst recht verstanden* – „Ein Brief".

blasses, ernstes Antlitz – „Da stand das Kind am Wege".

100 *Sieben Jahre waren vorüber* – „Im Walde".

abwärts führenden schattigen [...] *ganz im geheim verschrieben* [...] *alten Schulkameraden* [...] *stillen Plänchen* – „Immensee"

101f. *ihr zur Rechten plötzlich der Schatten aufhörte* [...] *kam* [...] *entgegen* – „Immensee".

106 *lag ihre Jugend* – „Elisabeth".

ich weiß einen Erdbeerenschlag – „Im Walde".

„Wie groß du geworden bist!" [...] *willkommen* – „Daheim".

107 *sah* [...] *mit schwesterlichen Augen an* – „Immensee".

Wo bleiben denn aber deine Erdbeeren? – „Im Walde".

108 *nahm* [...] *Hand liebkosend in die ihre* – „Immensee".

109 *hohen, kühlen Hausflur* – „Immensee".

117 *Am andern Tage* – „Immensee".

119 *hinter jenen blauen Bergen* – „Elisabeth".

120 *als erwarte er endlich eine Veränderung des einförmigen Weges, die jedoch immer nicht eintreten wollte* [...] *gewährt* [...] *eine tiefe Fernsicht* [...] *Hopfengarten* [...] *blühende Obstbäume* [...] *Es war alles wohl bestellt* [...] *die Leute* [...] *alle ein gesundes und zufriedenes Aussehen* – „Immensee".

124 *Flügeltüren* [...] *vollen Glanz der Sonne* – „Immensee".

126 *So kommt man immer ein bisschen weiter* – „Immensee".

138 *brausten ihr ins Ohr* [...] *heiße Stirn* – „Elisabeth".

139 *Nun war es Nacht, und die Löwen schliefen* – „Die Kinder".

„Wo bist du denn so spät in der Nacht noch gewesen?" – „Meine Mutter hat's gewollt.

146 *in die offene Hand* – „Elisabeth".

149 *blickte forschend zu ihm hin* – „Daheim".

156 *Fernsicht* [...] *die blauen Berge* [...] *geschlossen wurde* – „Immensee".

158 *„Ich habe das große Los gezogen, du weißt es ja."* – „Immensee".

2. Weitere literarische Anspielungen

7 *der Wermutsteppe gelbem Grau* – Heinz Czechowski: „Jessenin".

8 *Kamau, der Afrikaner* – Götz R. Richter.

9 *czy mnie jeszcze pamiętasz* – Czesław Niemen.

12 *letzten Fontane* [...] *Kind des neunzehnten Jahrhundert*s – Thomas Mann: „Betrachtungen eines Unpolitischen".
auch Mecklenburg mit Stromtid und Franzosentid seine Romantik – Theodor Fontane: „Der Stechlin".

17 *zum Zeitvertreib die Wagen* – Thomas Mann: „Tonio Kröger".
und seinem treuen Freunde Pylades – Gustav Schwab: „Die schönsten Sagen des klassischen Altertums".

20 *mit einem Schwert den Tod* – Lew Kassil: „Die Straße des jüngsten Sohnes".

21f. „Emil und die Detektive" – Erich Kästner.
„Ede und Unku" – Alex Wedding.
Die Schwalbe fliegt über den Eriesee [...] *Noch dreißig Minuten ... Halbe Stund – Und noch zwanzig Minuten bis Buffalo – Und noch fünfzehn Minuten bis Buffalo – Und noch zehn Minuten bis Buffalo –* Fontane: „John Maynard".
Karpfen [...] *verkriechen, die wurden hier nicht alt* – Fontane: „Der Stechlin".

30 *Salzwasser* [...] *Sandbank* – Charles Simmons: „Salzwasser".

32 *Deutschen Heldensagen* – Nacherzählt von Gretel und Wolfgang Hecht.
famose Abbildungen – „Tonio Kröger".

37 *Dreieck* [...] *Gelände der Kindheit* – Adolf Endler: „Dreieck, in dem ich wohnte: Düsseldorf".

41 *lädierenden Leibesertüchtigungen* – Christoph Hein: „Der fremde Freund".

46 *rasender Reporter* – Egon Erwin Kisch: „Der rasende Reporter".

54f. *Der Postbeamte Emil Pelle / Hat eine Laubenlandparzelle* – Erich Weinert.
Juninachmittag [...] *Urbild eines Gartens* [...] *ein grüner, wuchernder, wilder, üppiger Garten zu sein* [...] *Pinguin* [...] *Ingupin* [...] *die*

Erdbeeren dieses Jahr am Stiel faulen [...] *federleichten Nachmittag* [...] *Gewicht dieser Minute* [...] „Hundert Jahre sind wie ein Tag. Ein Tag ist wie hundert Jahre." – Christa Wolf: „Juninachmittag".

57f. *Ringkampf* [...] *schien regellos und artete aus* [...] *Buche las* [...] *Stämmige* [...] *umschlungen* [...] *versucht, ihr mit dem Finger zu drohen* [...] *ernste Zufallsbeobachterin* [...] *aber erheitert und erschüttert zugleich* [...] *beglückt* [...] *einige Sachen* – Thomas Mann: „Der Tod in Venedig".

selbst dergleichen zu machen – „Tonio Kröger".

60 *und erschrak vor Freude, als sie sie fast gleichzeitig gewahrte* [...] *begierig* [...] *hier im Dunkeln zu stehen und die im Lichte tanzen zu sehen* – „Tonio Kröger".

67 *Heft mit selbstgeschriebenen Versen besaß* – „Tonio Kröger".

Wenn die Greisin durch die Stube schleift – Franz Werfel: „Eine alte Frau geht".

68f. *Knoten schneidet man nicht durch* – Erich Kästner: „Der gordische Knoten".

71 *das auch auf den Verwöhntesten noch wirkt* – „Der Stechlin".

74 *Ach, vielleicht geschieht's, daß sie begreift* – Werfel: „Eine alte Frau geht".

79 *weite Feld* – Fontane: „Effi Briest".

80 „der einzige Reiz der Ehe ist, daß sie ein Leben der Täuschung für beide Teile absolut notwendig macht" [...] *Lord Henry* – Oscar Wilde: „Das Bildnis des Dorian Gray".

84 *Hanno Buddenbrook* – Thomas Mann: „Buddenbrooks".

85 *fremden Freund* – Christoph Hein: „Der fremde Freund".

86 *Stammtisch* [...] *Donnerstagsskat* – Adolf Endler: „Gedenken an zwei Stammgäste".

Schlüsselkind – NO 55: „Schlüsselkind".

91 *Weltende* – Jakob van Hoddis.

Umbra vitae – Georg Heym.

94 *von der hingelebten Zeit zwischen Schrankwand und Kamin* – Pension Volkmann: „Die Gefühle".

96 *Nachtstücks vom Sandmann* – E. T. A. Hoffmann: „Der Sandmann".

97 *verlangte dorthin: nach Hause* – Erich Kästner: „Fabian".

98 *Wilhelm* [...] *der junge Werther* – Johann Wolfgang von Goethe: „Die Leiden des jungen Werther".

Willi [...] *der junge W.* – Ulrich Plenzdorf: „Die neuen Leiden des jungen W."

99 *eines eigentümlichen Apparats* – Franz Kafka: „In der Strafkolonie".

101 *gebrauchte* sie *eine Redewendung ihres Vaters* – Christa Wolf: „Dienstag, der 27. September".

103 *Romanversuch* – Franz Werfel: „Cella oder Die Überwinder. Versuch eines Romans".

104f. *Die Jahre kommen und gehen, / Geschlechter steigen ins Grab...* – Heinrich Heine: „Die Heimkehr" (Nr. 25, „Buch der Lieder").

das zerbröckelnde System der Pietät – Erich Loest: „Der elfte Mann".

Oktoberbeton [...] *Oktoberviertel* – Loest: „Es geht seinen Gang".

107 *in den Garten* [...] *gehen, wo die schönen Rosen stehen* – „Des Knaben Wunderhorn": „Der Überläufer" [nach einer Aufzeichnung von Bettine von Arnim].

zwischen den Blättern rote Pünktchen: reife Walderdbeeren – Erwin Strittmatter: „Grüner Juni".

108f. *Sträußchen Klee* [...] *solides vierblättriges Glück* [...] *Kleestengelchen mit vier wohlausgebildeten vierblättrigen Blättern* – Christa Wolf: „Juninachmittag".

von einem Händler erstandene große, vollreife Erdbeeren gefrühstückt – Thomas Mann: „Der Tod in Venedig".

110 *Meißner Püppchen* – „Der Stechlin".

114 *Ich bin die ganze Zeit nur hier geblieben* – Hans-Eckardt Wenzel: „Ich bin die ganze Zeit nur hier".

115f. *rumgerannt, zu viel rumgerannt* [...] *doch nichts passiert* [...] *dasselbe Land zu lange geseh'n, dieselbe Sprache zu lange gehört* – Pankow: „Langeweile".

hielt ein unbestimmtes Heimweh fest – ich falle nicht aus meinem deutschen Nest – Pension Volkmann: „Was soll ich dir erzählen".

alles Sammeln überhaupt verrückt – „Der Stechlin".

bunten Hoheitszeichen der Länder und entlegenen Schutzgebiete [...] *Anweisungen für ein Wissen, in dem die Geographie und Geschichte aller Kontinente zusammengefaßt war* – Werner Krauss: „PLN".

121 *Friedrichsfelde, reizendes Dorf und reizendes Schloss* – „Der Stech-lin".

122 *neuen – expressionistischen – Ideen* – Richard Réti: „Die neuen Ideen im Schachspiel".

Winterreise – Wilhelm Müller.

123 *ein bisschen grauslich* – „Der Stechlin".

124f. *Schreibmappe und daneben eine Löschpapierwiege* […] *gebildeten Gegenstand* […]– Franz Werfel: „Der Tod des Kleinbürgers".

Meißner Figur – „Der Stechlin".

in Goldschnitt […] *lang vergessene Zeiten* – Werfel: „Der Tod des Kleinbürgers".

127 *auf Erden nicht zu helfen* – Heinrich von Kleist (Briefzitat).

Kein Ort. Nirgends – Christa Wolf.

Frühlingskranz – Bettina von Arnim.

128 *Doppelselbstmorde aus Liebe* – Albert Ehrenstein: „Tubutsch".

unaussprechlichen Menschen – Heinrich von Kleist (Briefzitat).

Einsiedler Arnim – Achim von Arnim (Hg.): „Zeitung für Einsied-ler".

130 *Tinko* – Erwin Strittmatter.

nicht um den Hals gefallen – Strittmatter: „Grüner Juni".

133 *beschäftigten diese Dinge, wenngleich ohne Leidenschaft* – „Der Stechlin".

Esau Matt […] *Lebens-Plansünder* – Strittmatter: „Grüner Juni".

134 *Abschied von der Symmetrie* – Carl Einstein: „Bebuquin oder Die Dilettanten des Wunders".

gegen die symmetrische Welt – Volker Braun.

137f. *zwar oft bedrängten, aber auch oft beseligten* – Strittmatter: „Grü-ner Juni".

an weiter gar nichts denken – überlieferte Äußerung von Bettina von Arnim.

Was aber Cella anbelangte, war sie ein erbärmlicher Feigling – Werfel: „Cella oder Die Überwinder".

alles umsonst gewesen sein – Theodor Storm: „Aquis submersus".

zwischen Himmel und Erde – Otto Ludwig.

gewaltiger und dräuender werdendes Himmelswunder mit grausa-

mem Schwanz – Wilhelm Raabe: „Der heilige Born".

„Darum reis in Sommernacht / Nur zu aller Welt Ende." – „Des Knaben Wunderhorn": „Das Weltende" [9. Strophe (vermutlich von Arnim)].

schlafen mögen, sanft bebend umschmeichelt vom flüsternden Laub – Bettina von Arnim: „Clemens Brentanos Frühlingskranz".

fremden […] verwechselt – Gustav Meyrink: „Der Golem".

Hut […] vom Kopfe fliegen – Anspielung auf „Der Lindenbaum" und „Weltende" (Jakob van Hoddis).

schwarzen Hut auf ihrem Dichterhaupt – Ernst Blass: „Die Straßen komme ich entlang geweht".

hetzte […] gen Kolchis noch mal die Argonauten – Munkepunke (alias Alfred Richard Meyer).

Arconauten – Wortprägung von Karl Kraus, bezogen auf die Prager deutschen Literaten um Franz Werfel (vom *Café Arco* abgeleitet).

Wirtshaus […] Totenacker […] wollte […] einkehren – Wilhelm Müller: „Das Wirtshaus" (in: „Die Winterreise").

139 *unehrlicher Schiedsrichter* – Franz Kafka: Textfragment, in: Oktavheft D, März/April 1917 [Kampf beider Hände gegeneinander].

Windrose […] dunklen schwankenden Schiffe der Gedanken – Achim von Arnim: „Von Volksliedern" [An Herrn Kapellmeister Reichardt, Berlin, im Januar 1805 (Abschluss des ersten Bandes von „Des Knaben Wunderhorn")].

140 *Rheinsberg […] Bilderbuch für Verliebte […] wie alle Großstädter maßlos einen einfachen Strauch zu bewundern […] seine Schönheit zu überschätzen* – Kurt Tucholsky: „Rheinsberg".

142 *Erzählung […] in abgewandelter Form* – Christa Wolf: „Dienstag, der 27. September".

Studenten der „Ästhetik des Widerstands" […] geschriebenen Kapitel – Steffen Mensching: „Für Herbert Baum".

143 *Sonne verfinsterte* – Arthur Koestler: „Sonnenfinsternis".

144 *Ästhetik des Widerstands* – Peter Weiss.

Bund für unentwegte Lebensfreude – Werner Krauss: „PLN".

jeder für sich allein […] sterben – Hans Fallada: „Jeder stirbt für sich allein".

Schnapsdestille [...] *weiße, breite Ehebett* – Bertolt Brecht: „Trommeln in der Nacht".

Weltverbesserungsleidenschaft – „Der Stechlin".

145 *allgemeines Elternlos* – Franz Werfel: „Cella".

zweites Frühstück [...] *ausgesprochen behaglich* – „Der Stechlin".

147 *Wunsch, Indianer zu werden* – Franz Kafka.

Wenn man so gar nicht mehr weiß, wo man hinsoll, fährt man natürlich nach Dresden – „Der Stechlin".

149 *milde Massengrab* – Alfred Lichtenstein: „Abschied".

guten Kameraden – Ludwig Uhland: „Der gute Kamerad".

150 *Geisteswerke* [...] *kein dauerndes, äußeres Zeichen tragen* [...] *in sich den Zweifel dulden müssen* [...] *Schreibfeder, mit der trägen Pflugschar des Dichters* – Achim von Arnim: Einleitung zum unvollendet gebliebenen Roman „Die Kronenwächter" (1817).

151 *für einen Augenblick austreten dürfen* – Albert Ehrenstein: „Kimargouel".

abseits [...] *Luft voller Lerchenlaut dringt* [...] *Klang der aufgeregten Zeit* – Theodor Storm: „Abseits" (zugleich Anspielung bei Strittmatter: „Grüner Juni").

Schmettern der Trompeten [...] *still sinnende Schreiten an des Baches Rand* [...] *der Zeit entrinnen zu können. Man kann das nicht, sie kommt nach* – Kurt Tucholsky: „Schloß Gripsholm" (zugleich Anspielung auf dortiges Storm-Eingangsgedicht).

152 *Frau ohne Schatten* – Hugo von Hofmannsthal.

auch die Last haben, nicht nur die Freude – „Der Stechlin".

Spießerwunsch? – Kurt Tucholsky: „Schloß Gripsholm".

153 *zu reisen* [...] *zu fechten* [...] *Heimefahrt* [...] *„Sollt ich daheime bleiben?"* – „Des Knaben Wunderhorn": „Lied vom alten Hildebrandt".

der Jugend Zauber für und für auf der grauen [...] *ruhte* – Theodor Storm: „Die Stadt".

in der Nase wohnte die Erinnerung – Erich Kästner: „Als ich ein kleiner Junge war".

154 *Wenn ich nur dort hinüber könnte* – Theodor Storm: „Verloren" [zitiert von Thomas Mann in seinem Essay „Theodor Storm"].

Insel der Schwäne – Anspielung auf Buch (Benno Pludra) und DDR-Film.

verlorene Kinder – *Silly*: „Verlorene Kinder".

Tauris – Goethe: „Iphigenie auf Tauris".

Taurer-Strand […] Trauerland […] Verrauchte Ilion, nach zerhauchtem Brand […] Als ob sein Fächeln Hellas Ruhe böte – Theodor Däubler: „An Goethe" (in: „Attische Sonette", 1924).

bis zum Scythenlande – Achim von Arnim: *Orestie*-Gedicht (in einem Brief vom 12./26. Januar 1803).

Ritter Gluck – Anspielung auf Christoph Willibald Gluck (und E.T.A. Hoffmanns Erzählung „Ritter Gluck").

155 *Reifen von Blütenträumen* – Anspielung auf Goethes *Prometheus*-Ode und Franz Kafkas „Brudermord".

Siege […] hasste – Alfred Andersch: „Sansibar oder der letzte Grund".

Suchen nach dem Wahrheitsgrund – Franz Kafka: „Prometheus".

hypermodernen Prometheus – Antje Göhler: „Balcke oder Der hypermoderne Prometheus".

Courage […] Ausdauer – „Der Stechlin".

ostdeutsche Sisyphos – Klaus Werner: „Zwischen Regen und Traufe. Zum ‚Wende'-Diskurs ostdeutscher Autoren, namentlich Heiner Müllers und Volker Brauns" (2007).

156f. *musste sich ihren Prometheus als einen unglücklichen Menschen vorstellen* – Anspielung auf Albert Camus: „Der Mythos des Sisyphos".

Zuversicht trotz Ernüchterung – Klaus Werner: „Zwischen Regen und Traufe".

Erzgebirge mit seinen Spielzeugstädten, Wäldern und Bergwiesen […] andere Leute fuhren in die Südsee – Erich Kästner: „Fabian".

sich zuletzt wieder nach seinem Vaterlande gesehnt […] unruhigen Vagabundieren – Goethe: „Die Leiden des jungen Werther".

Nur ewige Bohemiens finden das langweilig […] – Thomas Mann: Essay über Chamisso.

Herumstromern […] tauge nichts – Anspielung auf Eichendorffs „Taugenichts".

Talent zur Freundschaft – Friedrich Nietzsche: „Menschliches, Allzumenschliches" (1. Band. 7. Hauptstück. Weib und Kind).

158 *Asyl der Freundschaft* – Briefzitat von E. T. A. Hoffmann an Theodor Hippel.

Ode an die Freude – Friedrich Schiller.

Wenn ich's vor Heimweh nicht mehr aushielt […] *„Vielleicht wird's nie wieder so schön."* – Gerhard Schöne.

159 *weggegangen* […] *Briefe hinterher geschrieben* […] *Nur im Vergangnen waren wir uns einig. / Was kommen würde, würde uns entzwein* – Hans-Eckardt Wenzel: „Ich bin die ganze Zeit nur hier".

160 *schwarzer Turm* […] *Traum und Realität auseinanderzuhalten* […] *Taschenschachspiele* – Antje Göhler: „Balcke oder Der hypermoderne Prometheus".

Seele hatte sich Erlebtes mit Gelesenem und Gehörtem vermischt – Gustav Meyrink: „Der Golem".

eignen unbedeutenden Lebensereignisse – Achim von Arnim: Einleitung zu „Die Kronenwächter".

unter den stillen Einflüssen der Erinnerungen – Novalis: „Heinrich von Ofterdingen".

Zeitkürzungsspiel – Christoph Martin Wieland: „Über die ältesten Zeitkürzungsspiele" (1796).

161 *Kleinbürger* […] *Fabians* […] *das größte Schimpfwort* – Kästner: „Fabian".

die Erinnerung an die Stelle der Hoffnung – Wilhelm Raabe: „Die Chronik der Sperlingsgasse".

Windrose in ihrem Kompass verloren – Anspielung auf Arnims „Kronenwächter"-Einleitung und Kästners „Fabian".

in ihrem Kopf Chaos – Anspielung auf Monika Maron: „Munin oder Chaos im Kopf".

162 *Zaungast im Welttheater* – Anspielung auf Briefzitat von Fontane (in Thomas Manns Essay „Der Alte Fontane") sowie auf Kästners „Fabian".

schwimmen gelernt – Kästner: „Fabian".

„Ueber das Schwimmen" […] *Vergnügen und die Lust* – Ernst von Pfuel [(Brief-)Freund von Kleist]: „Ueber das Schwimmen" (1817).

das Reich der Buchstaben entdeckt und erobert hatte mit ihrem zwei-
ten Paar Augen – Kästner: „Als ich ein kleiner Junge war".

Erste Liebe […] Woldemar Petrowitsch – Iwan Turgenjew: „Erste Liebe".

Mischa Petrowitsch – Charles Simmons: „Salzwasser".

Mutter, ich will in die Heimat, / Nimm mich in deinen Schoß – Marle-
ne Dietrich: „Mutter, hast du mir vergeben?"

Am Tisch wars schöner, saßen wir zu viert – Hans-Eckardt Wenzel:
„Ich bin die ganze Zeit nur hier".

Antje Göhler

Balcke

oder

Der hypermoderne

Prometheus

Kurzroman

REGENBRECHT VERLAG

Antje Göhler

Balcke oder Der hypermoderne
Prometheus:

Kurzroman

Regenbrecht Verlag
Berlin, 2018 − 9,90 €
120 Seiten

ISBN: 978-3-826073-02-1

In diesem Berlinroman sind Zeit und Raum aus den Fugen geraten, die Hauptfigur Janet hat etwas Geheimnisvolles, auch Unheimliches an sich. Ihre Obsessionen ermöglichen ihr ein aben-
teuerliches Reisen in der Zeit, bringen sie aber auch an den Rand
des Wahnsinns. »Als er aufsah, trafen sich plötzlich meine und
seine Blicke und er prallte zurück, als hätte er ein leibhaftiges Gespenst gesehen. Was er ja auch hatte, nur war das außer ihm bisher keinem so ergangen. Auch Ernst schien weder Anton noch
mich wahrzunehmen, kümmerte sich jetzt lediglich um seinen
völlig verstörten Freund. Der Blick von Hans hatte aber auch
mich ›Gespenst‹ tief erschüttert, es war, als hätte ich in einen
dunklen Abgrund geschaut. Gespenst Janet und Gespenst Anton
hatten jetzt aber wirklich andere Sorgen: Wir mussten zusehen,
wie wir aus der Vergangenheit des Frühjahrs 1910 wieder in die
Gegenwart des Herbstes 1985 gelangten.«

Antikerezeption im literarischen
Expressionismus

Antje Göhler

Antje Göhler

Antikerezeption im
literarischen Expressionismus

Dissertation

Frank & Timme
Berlin, 2012 – 98 €

538 Seiten

ISBN: 978-3-86596-377-2

Frank & Timme

Einerseits: Eine jugendliche Protestbewegung, die sich den radi-
kalen Traditionsbruch auf die Fahnen geschrieben hat, und eine
Rückbesinnung auf das ›Alte‹, die Antike – wie passt das zusammen?

Andererseits: Wird man mit derartigen Verkürzungen dem literarischen Expressionismus und der Antikerezeption gerecht?

Die Verfasserin versucht, der Sache auf den ›Grund‹ zu gehen,
und bedient sich im ›Labyrinth‹ zwischen Tradition und Traditionsbruch einer auf den ersten Blick überraschenden Orientie-
rungshilfe.